『沙石集』の世界

土屋有里子
Tsuchiya Yuriko

あるむ

無住国師像
（重要文化財　長母寺蔵）

無住長老
世の中はあるにまかせてあられけり
有んとすればあられざりけり

『道歌心の策』にみえる無住
（国立国会図書館デジタルコレクション）

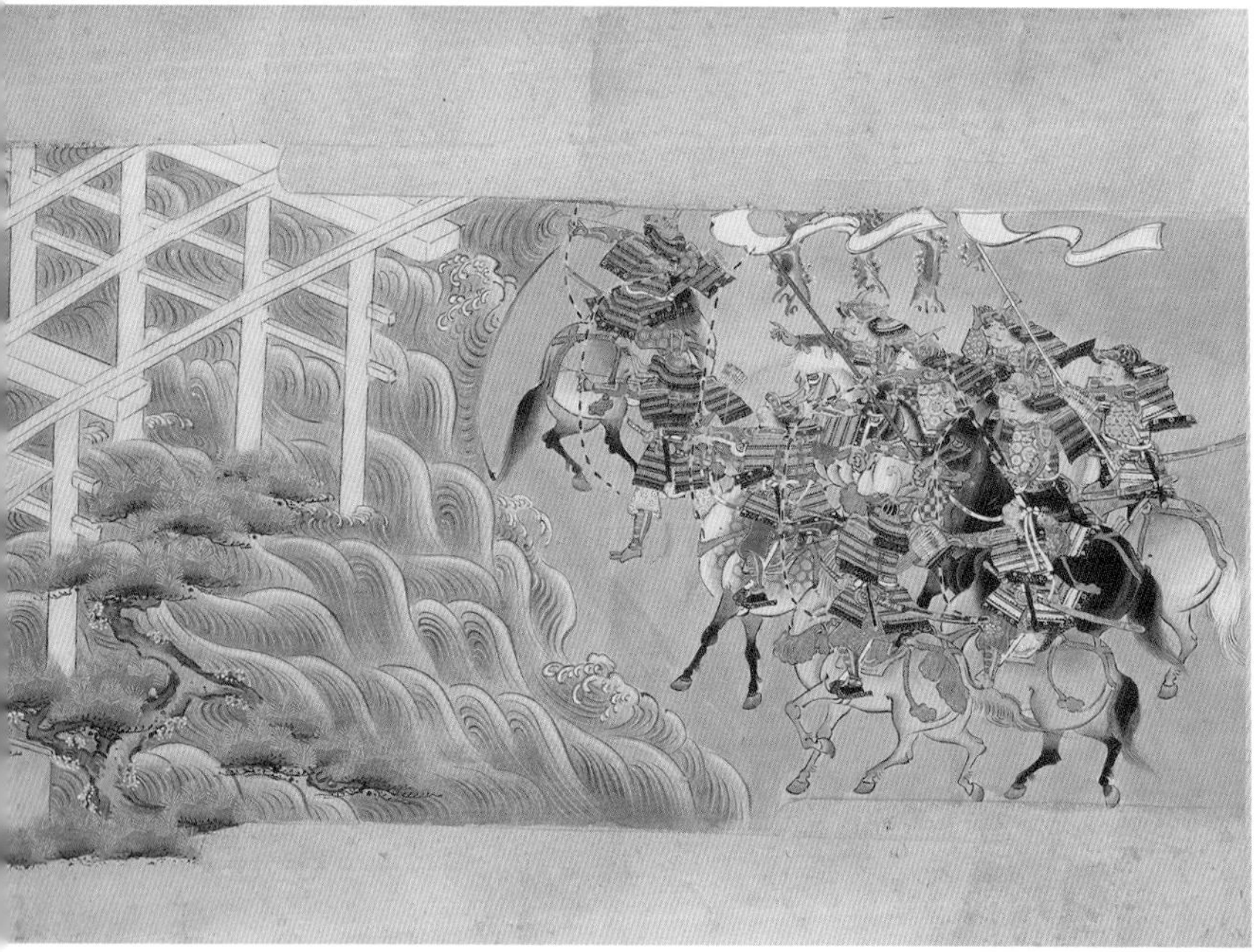

承久記絵巻　巻第三絵第五段　（高野山龍光院／提供：高野山霊宝館）
勢多橋における山田重忠・山法師（左側）と北条時房（右側）の戦い

④魔往生　　③山を越えると……　　②聖衆来迎　　①臨終を迎える僧

④魔往生 部分拡大
仏菩薩はすべて天狗に変化し、観音菩薩の捧げる蓮台に乗ったとばかり
信じている僧は、実は天狗の掲げる台に乗っている

土佐行光／天狗草子三井寺之巻（模本）

（ColBase https://colbase.nich.go.jp/collection_items/tnm/A-1728?locale=ja）

『沙石集』の世界

目次

はじめに

『沙石集《しゃせきしゅう》』は、鎌倉時代に無住《むじゅう》（諱道暁《いみなどうぎょう》、房号一円《ぼうごういちえん》）によって編纂された仏教説話集である。『沙石集』の話に入る前に、まず説話とは何であろうか。

説話の性格を一言であらわせば、「長い間伝承されてきた、人々の関心を誘う内容を持つノンフィクション」といえるだろう。物語が長大なフィクションであることに対して、説話は短編の事実譚《じじつたん》、ノンフィクションであることが基本となっている。ただこの事実譚というのは一応の建前《たてまえ》であり、説話として語られる荒唐無稽な内容までもがすべて事実であったということではなく、「このような話がありました」と語った人がいる、という意味での事実ととらえるべきだろう。説話集に収録される説話は、文字化され、書物を介して伝承されてきたもの（書承《しょしょう》）である一方で、その前段階として、人の口から人の口へと伝えられた口承《こうしょう》の語りが存在しているからである。内容的には、およそ事実とは考えられない話も多々あり、『宇治拾遺物語《うじしゅういものがたり》』序文に、

貴《とうと》き事もあり、をかしき事もあり、恐ろしき事もあり、哀れなる事もあり、きたなき事もあり、

少々は空物語《そらものがたり》（でたらめな話）もあり、利口《りこう》なる事（滑稽な話）もあり、様々やうやうなり。

というのは、説話の性格を良くあらわしていると思われる。説話を説話たらしめるいま一つの重要な要素は伝承性である。どんなに奇想天外《きそうてんがい》で興味をひく話であっても、一過性のものであったらそれは説話ではない。人から人へ、伝承されて長い間受け継がれてこそ、説話と呼ぶことができる。ただどこにでもあるような話では、すぐに忘れられて伝承されていくことはない。めったにない意外性や事件性をもち、人々の興味や関心、驚愕、恐怖、哀憐《あいれん》など、どのような形であれ人の感情を強く揺さぶる話材であるからこそ、後世の人間の心をもまた揺り動かすという連鎖を生んでいくのである。時代を超えても通用する何かしら普遍的な魅力をもつものが、説話なのである。そして説話が説話集という書物としてまとめられ、さらにそこに文学的な価値を認められて、説話文学というジャンルが日本文学史上に誕生したのである。

ただこの説話という用語は、近代に入って使用されるようになったものである。我々が古典として扱う作品が成立した当時は、説話もまた物語に含まれていた。今日説話集として著名な『今昔物語《こんじゃくものがたり》集《しゅう》』や『宇治拾遺物語』が、説話集でありながら「物語」と呼ばれるのも、そのような事情からである。

説話は通常、世俗《せぞく》説話と仏教説話に大別される。世俗説話は世間一般の事柄をあつかったもの、仏教説話は仏や菩薩、高僧、寺社、因果応報の話など、仏教に関わる話である。仏教関連の説話以外は世俗説話と考えてしまえば簡単かもしれない。日本で最初の説話集は平安時代初期に景戒《きょうかい》という僧によって編纂された仏教説話集『日本霊異記《にほんりょういき》』である。平安時代末期に『今昔物語集』が成立した後、鎌倉時代はまさに「説話集の時代」といっても良いほど多くの説話集が編まれたが、その掉尾《とうび》を飾るのが『沙石集』である。『沙石集』以後も、たとえば室町時代成立の『三国伝記《さんごくでんき》』などの存在は見逃せないが、説話集の編纂は単発的で形骸化《けいがいか》し、徐々に少なくなっていったのである。

説話集を編んだ人を作者というのはあまり適当ではない。なぜなら説話集はそれまで口承、書承を含めて伝えられてきた説話を、何らかの編纂方針をもってまとめた作品だからである。ゆえに編者というのが穏当であろう。説話集の編者は判明していない場合（『今昔物語集』、『宇治拾遺物語』、『十訓抄《じっきんしょう》』など）と、判明している場合（源顕兼《みなもとのあきかね》『古事談《こじたん》』、鴨長明《かものちょうめい》『発心集《ほっしんしゅう》』、橘成季《たちばなのなりすえ》『古今著聞集《ここんちょもんじゅう》』など）がある。説話の内容そのものを楽しむにはどちらでも構わないかもしれないが、判明していると、編者を取り巻く人間関係や活躍していた場にかかわる問題、その時代の政治や宗教、風俗などがリアルに浮かびあがってきて、時に歴史の溝《みぞ》を埋めるような情報を得られることもある。『沙石集』は、まさにこの後者である。そして説話集の編纂方針にも色々あり、ほとんど自らの見解を加えず聞き知った話をそのまま採録する寡黙《かもく》な編者と、説話についての付加情報や伝承経路、内容に関する自らの批評などを加えていく饒舌《じょうぜつ》な編者がいる。説話の最後には「話末評語《わまつひょうご》」といって、編者の感想や批評が付け足されることが多いが、その部分が長大化していくと、説話集とはいいながら、ほとんど随筆や評論のようになっていく。『沙石集』は無住の感想や批評、仏教的な解説や教訓などが質量ともに大変多く、話に付け加えたというよりは、むしろ自分の主張が先にあって、その正しさを補強するような説話を選び、適所に配置したのではないか、という印象を受ける部分もある。結果的に、『沙石集』には、書承によって無住が知り得た話、無住自身のリアルタイムな情報収集によって聞き得た話が豊富に含まれることになった。饒舌な無住が残した言葉からは、無住が影響を受け、また影響を与えた鴨長明や兼好法師といった随筆家との考え方の比較もできそうで、説話集の新たな可能性を感じるところでもある。

全十巻（巻五と巻十を上下巻に分ける伝本は十二巻）の『沙石集』は、弘安二年（一二七九）に起筆され、二、三年の休筆期間を経て、弘安六年（一二八三）に完成した。しかしその後、無住自身が二度の大改訂を施し、後世の人の修正加筆を容認する言葉まで残したことなどから、内容の異なる伝本が多数存在することになった。主要な写本だけでも十五本以上、江戸時代以降に刊行された古活字本や整版本をあわせると、かなりの数である。どの伝本をもとにしてテキストを作ったかということはとても大きな問題である。例えば、「この話が『沙石集』にあるらしい」と知り、あるテキストを調べてみる。いくら探しても見つからない。なぜなら、そのテキストが底本とした伝本に、その話がもともと収録されていないからである。作品によっては伝本間で内容に大差ないものもあるが、伝本によって内容の大きな違いがあること、これが『沙石集』という作品の一つの特色であり、鎌倉時代から現代にかけて、『沙石集』が多くの人の手にとられ読みつがれて、時に内容が改変されてきたということのあらわれなのである。

ここで伝本の種別に深く立ち入ることはしないが、本書を読むにあたり必要な伝本とテキストの問題を説明しておくと、『沙石集』の伝本は、①無住が『沙石集』を執筆した比較的初期段階の伝本類、②永仁三年（一二九五）の改訂前後の伝本類、③徳治三年（一三〇八）の改訂後の伝本類という三つに大別できる。ただこの分類は、伝本の基本となっている文章がどの段階のものかで判断しており、伝本によっては後世、無住以外の人の書き入れなどを経て、個性的な内容に変化しているものもある。このうち、①に含まれる米沢本（市立米沢図書館蔵興譲館旧蔵本）は、現在最も利用しやすい初の現代語訳付きテキストである、小島孝之校注・訳『沙石集』（新編日本古典文学全集、小学館。以下、「新全集」）の底本に用いられている。また米沢本に収録されていない話として、本書で時々登場する梵舜本《ぼんしゅんぼん》（お茶の水図書館蔵成簣堂文庫旧蔵梵舜書写本）は②に含まれ、他本にはない独自の説話を多数収録していることが特徴である。「新全集」の一冊として『沙石集』が刊行される以前は、この梵舜本を底本とした、渡邊綱也校注『沙石集』（日本古典文学大系、岩波書店。以下、「旧大系」）が定番テキストであった。巻末には「拾遺」として、梵舜本には含まれない他本収録の話がまとめられているため、現在でも至便の書である。また、江戸時代に刊行された古活字本や整版本は③に含まれ、筑土鈴寛校訂『沙石集』上・下（岩波文庫、岩波書店）は貞享《じょうきょう》三年整版本を底本としている。文庫版で手に取りやすいものであるが、現在絶版となっていて入手しがたいのが難点である。

さてそれでは、『沙石集』の内容構成について、全体の流れを概観しておきたい。「新全集」の解説に拠ると次のようになる。

巻一　和光垂迹《わこうすいじゃく》としての神明説話
巻二　諸仏菩薩の霊験譚
巻三　偏執《へんしゅう》否定の仏法・修道論
巻四　偏執否定と当代仏教諸宗の動向
巻五　和歌陀羅尼《だらに》説と歌徳《かとく》説話
巻六　説経師と説法説話、邪命《じゃみょう》説法の戒め
巻七　正直、忠孝、義、礼などの教訓説話
巻八　嗚呼《おこ》、慳貪《けんどん》と執着《しゅうじゃく》説話
巻九　嫉妬、殺生等の妄念妄執説話
巻十　真の道心者と越格《おっかく》の境地

全体的に巻五までに仏教の硬質な教義、当時の仏教界の動向が集約されており、巻六以降に世俗的な教訓話が収録されている印象がある。そのため以前は、無住が休筆以前に巻五まで書き、休筆後に巻六以降を書き継いだとされていたが、一見世俗の教訓話でありながら、実は深い仏教的解釈をともなう話などもあり、一概にすっきりと線引きはできない。巻五休筆説の根拠となっていた伝本の性格が読みかえられたこと、巻六以降にも硬質な仏教教義が認められることもあわせて考えれば、巻五休筆説は現時点では首肯しがたい。無住の『沙石集』構想自体は、当初から巻十までであったと考えられるので、休筆した箇所にはあまりこだわらなくて良いのかもしれない。

本書の目的は、『沙石集』という作品の全体像を読み解くことであるが、巻一から巻十までの説話を順番に紹介するという方法はとらない。なぜなら『沙石集』の作品世界を、できるだけ編者である無住その人の生涯、思想、背景などに照らして読み進めていきたいからである。先述の通り、説話集の編纂は平安時代末から鎌倉時代に隆盛期を迎えたが、編者が判明している作品はそれ程多くはない。『沙石集』は編者をとり巻く当時の世相や、時に編者自身の内面性にまで踏み込みつつ説話解釈を行うことができる貴重な作品であり、それが作品としての価値を大きく高めているのである。

本書では、これまでの『沙石集』研究、無住研究を通して、この作品を語るために落とすことができないと考えるテーマを八つ用意した。千話以上を収録する大部な作品であるため、とても全てを網羅することはできず、大切であるとは思いつつ、ふれ得なかった話も多くある。とりあげる話を絞る際に重要視したことは三点ある。まずは無住という人の生涯や思想、背景をよく伝える話であるということ。第二点としては、現代に生きる我々にも何かしら考えさせる話であること。それは共感、反発、疑問など様々な感情があると思うが、説話文学の持つメッセージ性、普遍性は、今を生きる我々にも資するものがある、ということを伝えたい。三点目としては、無住が五十年間止住した尾張国に関する話をとりあげること。『沙石集』の源泉は無住が日常的に行っていた説法にあると考えるゆえである。これら三点を基軸にテーマを練るにあたって、無住最晩年の著作である『雑談集《ぞうたんしゅう》』の存在を重視した。『雑談集』

には『沙石集』に書かれることのなかった無住自身の生い立ち、修学の様相、細かな心情などが豊富に記されており、その内容は『沙石集』の説話解釈にかなり有用だからである。『沙石集』を読んでいるだけでは浮かんではこない無住という人のこだわりを、『雑談集』を併読することにより一層クリアにしていきたい。ただ本書はあくまで『沙石集』の紹介を第一義とするため、『雑談集』独自の問題や発展的な話題にまでは踏みこまなかったことも、あらかじめおことわりしておく。

第一章「無住道暁ヒストリー」では、無住の生涯について、年齢を追いながら詳しく述べた。修学の場所や内容、師匠との出会い、『沙石集』執筆の経緯、僧医としての側面についてとりあげた。

第二章「神と仏の中世神話」では、『沙石集』の巻頭話でもある中世神話、中世における神と仏の関係性について述べていく。中世という時代は、神仏関係が大きく揺り動かされた時代であり、無住と伊勢神宮との関わりから展開される神仏説話は、当時の仏教、神道の言説理解に不可欠と思われるからである。

第三章「末世の仏教界と僧侶」では、当時の仏教界の動向と僧侶の信仰や修行の実態についてとりあげる。僧の無智と破戒が深刻化していく中で、組織化する仏教界を無住は批判的に捉えていた。その内実を示す説話群を紹介していきたい。

第四章「女性と愛欲」では、仏教的に忌避される愛欲の問題を、特に女性に焦点を当てて考える。僧にとって女性は女犯《にょぼん》の対象であり、女性自身は仏教的に救われがたい存在とされる。僧の女犯という問題と、女性自身の嫉妬や救済、往生の問題は無住自身にとっても大きな関心事であったことがうかがわれ、『沙石集』を特徴付ける一つの大きなテーマであると思う。

第五章「異類へのまなざし」では、鳥獣や天狗、貧乏神と疫病神《やくびょうがみ》など、人ならざる存在について、業や輪廻の問題も含めて述べる。動物に人間同様の知恵を託す教訓説話は古今東西に共通するが、『沙石集』に収録されている動物説話は数多く、天狗や貧乏神の説話も異彩を放っている。

第六章「限りある命と極楽往生」では、人間の生老病死と臨終、往生譚をとりあげる。仏教の生命観では「定業《じょうごう》」が重視される。神仏さえも変えることのできない定業をいかに捉え理解しようとしたのか、老いや病、死の問題とからめて述べる。また最終的な目標とされた極楽往生について、魔往生《まおうじょう》の紹介もまじえつつ、無住の考え方を当時の一般的な理解と比して考える。

第七章「鎌倉幕府と東国武士」では、梶原氏の末裔《まつえい》とされる無住が、鎌倉殿や東国武士、そして北条氏といった、鎌倉幕府の趨勢《すうせい》に大きな関心を寄せていたことについて述べる。

第八章「尾張・三河の宗教世界」では、長母寺の開基であるとされる尾張武士、山田重忠《やまだしげただ》と承久の乱に関連して『沙石集』の本文を読み解き、そこから当時の尾張国における宗教的背景について述べる。鎌倉街道の主要宿の描写や、無住が創始者と伝わる尾張万歳についても言及する。

本書が本文引用の際に依拠したテキストは、小島孝之校注・訳、新編日本古典文学全集『沙石集』（小学館、二〇〇一年）であり、流布本系諸本から引用する場合はその都度ことわり、梵舜本は渡邊綱也校注、日本古典文学大系『沙石集』（岩波書店、一九六六年）、慶長古活字本は深井一郎編『慶長十年古活字本沙石集総索引――影印編・索引編』（勉誠社、一九八〇年）を用いた。引用の際には、「新全集」の現代語訳を尊重しつつ、原文をわたくしに現代語訳した。原文の表現や言葉を重視したいと思う一方で、現代語訳で示すことにより、まずは話の内容の面白さそのものを味わってもらいたいと思うからである。なるべく原文に忠実に訳を施しているが、場合によっては意訳、省略を行い、長文の場合は概略にとどめている部分もある。反対にあえて原文をあげて説明したいところは、原文を載せて、部分的な現代語訳を（ ）内に示した。

『雑談集』については、寛永二十一年整版本をもとに、山田昭全・三木紀人校注、中世の文学『雑談集』（三弥井書店、第三刷、一九八〇年）を参照し、わたくしに現代語訳した。方針は『沙石集』同様である。

第一章——無住道暁ヒストリー

第一節　武士の末裔から遁世僧へ

1　出生と修行の道

『沙石集』の編者無住道暁について知るために、まずは『雑談集』をひもといてみよう。『雑談集』は無住八十歳の時の著作であるが、巻三「愚老述懐」には、その人生が細かに吐露されているからである。

私は嘉禄《かろく》二年（一二二六）十二月二十八日の午前六時ごろ生まれた。父の夢に、「今夜ここで生まれる者は、大果報《だいかほう》の者だ」と言う人がいた。

父はかなりの小食で酒が飲めない人だった。善光寺参詣の折に知人を訪ねたら、あまりにごちそう責めにされ、その後二十日程は何も食べられなかったと無住に語っていたようである。母についての記述は全くない。意図的に書かなかったのかもしれないが、『沙石集』には母の恩愛に関わる話が多く残されているから、物心つく前に死別していた可能性もある。「私は幼少時から親戚に養育され、父母に養育されたことはなかった。棄て子のようであった」とも語っている。父が見た出生時の夢の「大果報の者」という思いは、人生を通して、無住のものの考え方に大きく影響した。

先祖は鎌倉の源頼朝に仕えた寵臣だったが、滅びてしまい、その跡を継ぐことはなかったという。この先祖は梶原景時《かじわらかげとき》といわれている。『沙石集』には景時の妻であった鹿野尼公《かのにこう》が、夫を殺された恨みが晴らしがたく、建仁寺《けんにんじ》の栄西《えいさい》に相談したところ、「塔を建てなさい」と勧められ、そのような思いで建立された建仁寺の塔は度重なる火災でも焼けることがなかった、という話がある。その中で尼公は、景時のことを「大きなる者（偉大な者）」と呼んでいるが、この呼称は無住の著作の中で、梶原景時と北《ほう》条《じょう》貞時《さだとき》のみに使用されるものである。そこには何か特別な想いがあったのではないかと思われ、また後に触れるように、無住は鎌倉時代を代表する医師である梶原性全《かじわらしょうぜん》の伯父と考えられるから、梶原氏の後裔の中に無住を位置づけることに無理はない。その後十三歳になって、鎌倉の僧房へ行ったとあるが、後の修行経路から考えて、おそらく寿福寺《じゅふくじ》ではないかと思われる。ただここにいたのも二年ほどであり、十五歳の時、下野国《しもつけのくに》の伯母のもとへ行った。この伯母については、下野国の有力武士である宇《う》都宮頼綱《つのみやよりつな》の内室が梶原景時の娘であったから、その縁を頼ったかといわれるが特定は難しい。

翌年には常陸国《ひたちのくに》へ行き、親戚に養われ、十八歳で出家した。常陸国は宇都宮氏の分流である八田《はった》氏（小田氏）が知行する国であった。親戚とは具体的に誰なのか不明だが、祖母の存在が確認できる。『雑談集』巻四「瞋恚《しんい》の重障たる事」には、二十三歳の時、弟の琵琶を借りて弾いていたら、「出家したのに仏法も学ばず、琵琶なんて弾いて」と祖母に陰口を言われたので、すぐにやめて、『法華経』を読誦《どくじゅ》し、不断念仏堂を建立して供料《くりょう》を捧げること、今に続いていると言っている。「律の中では五つの功徳がある」と言って、お堂の庭の草むしりをさせられた話も載っており、その時はわからなかったが、後に自分が律を学んでから考えてみると、祖母の言っていたことは正しかったと述べている。「祖母尼公は自分の善知識（真に仏道に導いてくれる存在）であった」とも言っているから、二十八歳で遁世するまで、約十二年間常陸国に留まったのは、こうした厳しいながらも血縁のある人が傍にいてくれたことが大きかったと思われる。

当時の常陸国では、急速に西大寺流真言律宗の教線が拡大しつつあった。無住は二十七歳の時、住房の法音寺《ほうおんじ》（小幡宝薗寺《おばたほうおんじ》）を天台宗から律宗にしたが、奇《く》しくもこの建長四年は、西大寺の叡尊《えいそん》の高弟である忍性《にんしょう》が常陸国に来た年である。忍性は三村山清冷院極楽寺に十年間止住し、周辺の寺々も精力的に律院化していった。三村山極楽寺は常陸平氏以来の聖地であり、小田時知《おだときとも》の強力な支援のもと、忍性を迎えて急速に寺構を整えていった。法音寺の東、徒歩圏内には東城寺があり、「大界外相《たいかいげそう》」と陰刻した結界石が残っていることから、同寺もまた忍性によって律院化された寺だったと思われる。無住はかつて二十歳の時に、法身性才《ほっしんしょうさい》から『法華玄義《ほっけげんぎ》』を聞いている。法身坊は常陸国真壁《まかべ》の出身で、俗名真壁平四郎《へいしろう》といって真壁城主に仕えていたが、主人から受けた仕打ちを機に、出家した人物である。宋に渡って修学を重ね、帰国後、常陸国照明寺（伝正寺）開山となり、北条時頼に招請されて、奥州松島の円福寺（瑞巌寺《ずいがんじ》）の中興開山となった。無住は『沙石集』巻十末の十三「法身坊上人の事」に、彼が「一文不通《いちもんふつう》（読み書きができない）」ながらも大悟した姿を憧憬をもって描き、流布本系諸本には、円爾《えんに》弁円《べんえん》と法身坊の、仏教の深い意を知った者同士だからこそ互いにわかるような、洒落《しゃれ》た和歌の話が収録されている。若い時に法身坊のような師にめぐりあえたこともまた、無住にとって大きな幸いであっただろう。ほぼ同じころ、無住は師から法音寺を譲られたが、『無住国師略縁起』によれば、その師とは円幸教王房《えんこうきょうおうぼう》であった。「幼年に三井寺の円幸教王房の法橋《ほっきょう》に倶舎頌疏《くしゃしょうしょ》の所々を聞いた」（『雑談集』巻三「愚老述懐」）とある。『沙石集』には東城寺の僧として、教王房の逸話を載せている（『沙石集』巻五本の八「学生の世間事無沙汰なる事」）。

住房の律院化と同時期には、上野国世良田《こうずけのくにせらだ》の長楽寺に行き、蔵叟朗誉《ぞうそうろうよ》から『釈摩訶衍論《しゃくまかえんろん》』の講義を受けている。長楽寺は栄西の弟子栄朝が開いた禅密兼修の大寺であり、ここで栄西・栄朝・朗誉の法系に触れたことは、その後の無住にとって非常に大きなことであった。『沙石集』巻十末の十三「建仁寺の門徒の中に臨終目出き事」には、この三人の見習うべき立派な臨終の様子が、言葉を尽くして描かれている。

このように二十七歳の年は、常陸国で西大寺流律の影響を大きく受けつつ、新たな教えを求めて、常陸国の外へも修行の場を見出し始めた時期であったと思われる。その翌年、二十八歳で無住は遁世の身となった。遁世とは世を遁れて仏道修行することであり、定まった住所を持たないことになる。二十九歳になり、実道房上人《じつどうぼう》から『摩訶止観《まかしかん》』を学んだというが、この実道房は叡尊の弟子である源海《げんかい》であり、修学場所は常陸国と考えられるので、無住は遁世後も、常陸国を拠点に行動していた可能性が高い。その後南都（奈良）へ行き、律を学ぶこと六、七年とあるから、二十代後半から三十代前半にかけて、彼はもっぱら西大寺流律の修学に打ち込み、その影響下にあったと考えられる。

南都での修学を経て、三十五歳になった無住は、鎌倉寿福寺に向かった。かつて世良田の長楽寺で講義を受けた朗誉が、寿福寺にいたのである。朗誉から再び『釈摩訶衍論』、そして『円覚経』の講義を受けたが、無住が期待したのは禅を学ぶことであった。栄西は『興禅護国論《こうぜんごこくろん》』の中で、「私の死後五十年経って、禅は隆盛するだろう」と書いたが、建保六年（一二一八）の栄西の入滅からまもなく約五十年というこの時、その言葉通りになっていた。鎌倉では特に禅が隆盛期を迎えており、無住が当時最新流行ともいうべき禅の修学に意欲を見せても何ら不思議ではない。ただ座禅を中心とした厳しい修行は無住に向かなかったらしく、一年ほどで諦めることになる。無住には脚気《かっけ》の持病があり、座禅修行は難しかった。律学についても、病気がちであるため徹底的に戒律の修行ができず、

律僧は「邪見放逸《じゃけんほういつ》の者」と思って親しくつきあってくれなかったが、中には心ある僧がいて、む

やみに嫌うこともしなかった。禅僧は自分を律学を学ぶ者だと軽んじてうちとけてくれない。名僧は自分を遁世僧だと見下して疎ましく思っていた。そこで親しい友人は稀で、仲間は本当に少なかった。

〔『雑談集』巻一「三学事」〕

と述べている。律や禅を学ぶに際して、教義面においては、無住は努力を重ねたようだが、実践面においては、病身ゆえに厳しいものがあり、どちらも極めるというところまではいかなかった。そんな彼がやがて意義を見出していくのが、密教の修学である。

一年で鎌倉から南都に戻った無住は、三十六歳で菩提山《ぼだいさん》正暦寺《しょうりゃくじ》に赴き、密教修行に励むことになった。ここで「東寺の三宝院の一流の肝要」を伝授されたと語る。密教は大きく、天台系の密教を台密《たいみつ》、真言系の密教を東密《とうみつ》という。東密には広沢流・小野流の二流があり、無住が受けたとする三宝院流《さんぼういんりゅう》は、小野流の主流である、醍醐寺《だいごじ》三宝院流の流れを汲むものであった。無住は正式な署名をするときに、「東寺《とうじ》末流《まつりゅう》金剛仏子《こんごうぶっし》道暁《どうぎょう》」と記す。金剛仏子《こんごうぶっし》とは、密教の灌頂《かんじょう》を受けた者、という意味で、自らが密教の正式な流れを汲む僧侶であることを示す呼称であるから、この署名からは、無住の僧としての立ち位置が、密教僧であったことが知られるのである。

その後、京都の東福寺開山、聖一国師《しょういつこくし》円爾《えんに》弁円《べんえん》のもとへ向かっている。時期がいつかは明らかにされていないが、正暦寺に行ってまもなくとして良いであろう。東福寺は嘉禎二年（一二三六）九条道家によって発願され、奈良の東大寺と興福寺から一字ずつとって東福寺と名付けられた。工事は長年にわたり、完成したのは建長七年（一二五五）である。全容を整えてまもない時期の禅密兼修の大寺で、無住は円爾に出会ったのである。円爾は栄朝の弟子である。二十七歳の時に長楽寺で既に触れていた、栄西に端を発する禅密兼修の流れに、再び戻ってきた印象があるが、無住がここで求めたのは、禅というよりはむしろ密教の修学であった。円爾から『大日経義釈《だいにちきょうぎしゃく》』・『永嘉集《ようかしゅう》』・『菩提心論《ぼだいしんろん》』などを聞き、東密だけではなく台密の灌頂も受けたと書いている。円爾を通して顕密禅教の大綱を学び得たことは、無住にとって大きな悦びであったが、その教えと通底する『宗鏡録《すぎょうろく》』（中国の五代十国時代の僧、永明延寿《えいめいえんじゅ》が記した全百巻の仏教書。教禅一致を説く）にも出会い、心酔したことも、後の著作活動に大きな影響を与えた。無住の著作全般を通して、『宗鏡録』からの引用は多く、その傾倒ぶりがうかがわれる。この『宗鏡録』との出会いは円爾の死後ではないかとされる一方で、最近では、円爾存命中の早い段階から既に目にしていたともいわれており、この時点で多少なりとも披見していた可能性もある。こうして、心から尊敬する円爾という生涯の師に出会えた無住であったが、東福寺にそのまま留まることはしなかった。翌弘長二年（一二六二）、三十七歳になった無住は、尾張国木賀崎長母寺《きがさきちょうぼじ》へ向かい、その後五十年の長きにわたって止住することになるのである。

2　尾張国長母寺住職として

霊鷲山《りょうじゅせん》木賀崎長母寺は、治承三年（一一七九）、承久の乱で敗死した尾張武士、山田重忠《やまだしげただ》が前身である桃尾寺を創建したと伝わり、孫の道円によって再興された。無住がなぜ突然尾張国の長母寺に来ることになったのか、近年では尾張国守護の中条氏との関わりも想定されているが、依然として不明な点は多い。ただ『関東往還記』によれば、西大寺の叡尊が北条氏の求めに応じて関東に下向する際、長母寺に一週間滞在した折に、その仲介を務めた僧が「常陸国三村寺僧道篋《みむらじそうどうきょう》」であった。時に弘長二年二月のことであり、ちょうど無住が長母寺との関わりを見せ始める時期と重なる。この道篋については、「道暁《どうぎょう》」の名に似通うことから、従来無住のことか、はたまた別人のことか議論の分かれるところであったが、近年愛知県名古屋市大須の真福寺から発見された『逸題灌頂秘訣《いつだいかんじょうひけつ》』という資料に、無住が「金剛仏子道篋《こんごうぶつしどうきょう》」と署名していることがわかり、年齢等も一致することから、無住その人と認定することができた。常陸国三村寺はかつて叡尊の高弟忍性が滞在していた三村山極楽寺のことであり、無住も長らく修学した寺であるから、西大寺律の側から、無住が「常陸国三村寺僧」と呼ばれることにも不自然さはないだろう。

また長母寺には重要文化財の『無住道暁筆文書《むじゅうどうぎょうひつもんじょ》』（現在は名古屋市博物館に寄託）が残されており、その中の「夢想事《むそうのこと》」、「置文《おきぶみ》」には本人の自筆で少なからずその間の事情について触れた部分がある。「置文」

は嘉元三年（一三〇五）三月に、無住が弟子の順一房に長母寺の住持を譲った際の文書である。前半部を要約すると次のようになる。

長母寺は慶法橋《けいほっきょう》上人の跡を継いだ故静観房《じょうかんぼう》上人が律寺としたが、静観房は遁世の身となり無住に住職を譲った。その後火災に遭い、道円房を中興檀那として再建し、無住が開山となった。資縁《しえん》（仏道修行のための物資）もないので度々他人に譲ろうとしたが、ある日夢を見て、住職となる決心をした。それから四十四年、顕密の行学怠りなく、故東福寺開山（円爾弁円）のもとで顕密禅教の大綱を学んだ。そして今、同法の中から順一房《じゅんいちぼう》を選び、長母寺の住職を譲る。

後半部分では、順一房は無住が六歳から養育してきていて、長母寺は順一房の祖母のゆかりのある場所であると書かれている。静観房良円と道円房は山田氏の一族であるから、順一房も山田氏ゆかりの人物ということになる。遁世した身である無住が長母寺の住職を引き受けたのは、もしかしたら、山田一族の世襲の中で、いずれは順一房に引き継ぐことを最初から織り込み済みの「仮」住職であったから、という想定もできる。

またここでいう夢について記したのが「夢想事」であるが、そこでは、無住は当初住職になることにためらいがあり、西大寺の知り合いの律僧に譲ろうとしたが、彼は密教に理解がなかったために、ふさわしくなかったと書かれている。無住の長母寺住職就任は、常陸時代から続く西大寺律のネットワークの中で行われたと考えられ、無住の密教僧としての自負が、長母寺住職にふさわしいと判断されたのであろう。

その後、無住は長母寺に住みながら、全国各地の寺社にも足をのばした。自分は遁世の身であるから縛られるものもなく自由であるとして、東大寺、熊野、善光寺、高野山、四天王寺、法隆寺、橘寺など、霊験あらたかな様々な寺社に参詣したと書いている。若年時過ごした常陸国へも往還していたことが『雑談集』からうかがわれ、鎌倉や世良田の長楽寺、京都の東福寺へもわりと頻繁に通っていたようである。そのような中で、彼は突然堰《せき》を切ったように執筆を始めるのである。

『沙石集』が起筆されたのは弘安二年（一二七九）、無住五十四歳のこと、それまでおこなっていたであろう説法の話材や日々漏れ聞こえてきた珍譚奇譚《ちんたんきたん》の数々、それらをまとめて残そうという意欲が芽生えたらしい。『沙石集』の書名は、序文において、

かの金《こがね》を求むる者は沙《いさご》を捨ててこれをとり、玉を瑩《みが》く類《たぐい》は石を破《わ》りてこれを拾《ひろ》ふ。仍《よっ》て沙石集と名づく。

と説明している。「黄金を求める者は砂金の中からこれを採るし、宝石を磨《みが》く者たちは石を割ってそれ

を取り出す。だから砂や石のような、私が集めたつたない話の数々の中にも、きっと金や宝石のような価値あるものがあるでしょう」、という意味である。弘安六年に脱稿した後も、元来添削好きであったのか、永仁三年と徳治三年には大がかりな改変を施している。そして正安元年（一二九九）七十四歳で、仏教の硬質な教義を中心とした『聖財集《しょうざいしゅう》』を執筆、七十九歳になった嘉元二年（一三〇四）から翌年にかけては、本書でも度々引用する、自分自身について饒舌な『雑談集』を執筆している。延慶元年（一三〇八）以降も『沙石集』と『聖財集』に添削を加え続け、正和元年（一三一二）十月十日、八十七歳でその生涯を閉じた。没した場所は長母寺とも、晩年盛んに往還していた三重県桑名の蓮華寺《れんげじ》（現在は廃寺）ともいわれている。

一遍浮レ海　八十七年　風休浪静　依レ旧湛然

（海に身を浸し浮かんでいるような八十七年が過ぎてゆく。今はもう、風が休まり浪が静かになるように体中の動きが止まろうとしている。もとのように、静かに動かなくなるのだ）

無住がその著作を通して説き続けた、静かで穏やかな臨終を想起させる遺偈《ゆいげ》である。

第二節　僧医無住

無住は度々病身であることに触れ、律や禅の実践的な修行にも差しつかえるほどであった。その彼が八十七歳まで長寿を保ったことについて、彼の僧医《そうい》としての一面に触れておかねばならない。

少し後の話になるが、景徐周麟《けいじょしゅうりん》の「日渉記」（『鹿苑日録《ろくおんにちろく》』）明応八年（一四九九）四月十二日条に、無住の医師としての側面を知るエピソードがある。眼病を患っていた周麟のもとに、耕雲と哲蔵主という二人の医者がやってきた。外科的治療を施した哲蔵主に対して、周麟が流派を尋ねる。すると、「東福派といって、聖一国師（円爾弁円）の弟子で尾張に住んでいた無住道暁という人の流派だ」と答えているのである。さらに鎌倉時代を代表する医師である梶原性全《かじわらしょうぜん》は、その著書『万安方《ばんあんぽう》』の中で、「遇仙丹」という薬について次のように述べている。

この薬は、三河国実相院の導生比丘《どうしょうびく》が、ただ医術を習得するためだけに、中国に九年間滞在して伝えたものである。黒錫丹、養生丹、霊砂丹などや、脈動、針灸の口伝もこの時一緒に相伝した。導生比丘から尾張国長母寺の長老である無住一円禅師に、同じ師に学ぶ仲間だという縁で伝受された。無住から、兄弟のよしみで実照に伝えられた。そして実照がこの性全に伝えた。

〔『万安方』巻五十二「兪家遇仙丹」〕

三河国実相院は愛知県西尾市の実相寺《じっそうじ》のことである。文永八年（一二七一）創建、開基は吉良満氏《きらみつうじ》、開山は円爾弁円であるが、実際には弟子の無外爾然《むがいにねん》が住職となった。無住は同じ円爾門下として爾然とも親交があったと思われ、実相寺と長母寺は書物の書写活動を介して、無住在世中に実際交流があったことが知られている。そこにいた導生から医術を学んでも何ら不思議ではない。二人はともに円爾の弟子であるから、その医術の流派が「東福寺流」と呼ばれ、法眷《ほうけん》のよしみで医術を伝受されたという『万安方』の記事も首肯できるところである。

無住に弟がいたことは『雑談集』から明らかであり、この『万安方』が性全の一子である冬景以外の他見を禁じた家学の秘伝書であることから、無住の弟が実照であり、実照の息子が性全である可能性が高い。つまり性全は無住の甥であり、無住が相応の医術を体得し、それを引き継いだ甥が後に医師として大成した、ということになる。『万安方』に先行する『頓医抄《とんいしょう》』については、性全が鎌倉の有力御家人であった長井宗秀《ながいむねひで》・貞秀《さだひで》親子や、金沢称名寺《しょうみょうじ》の釼阿《けんな》の後援を得て、忍性の癩病人救済の影響下に完成させたとされている。平易な和文であり、仏教の慈悲の心をもって、あまねく人を救うために、広く読まれることを願って書いたと記されており、その志は、無住の志にも通じるものがある。ちなみに長井宗秀は、『吾妻鏡《あずまかがみ》』の編者の一人と考えられている人物であり、『沙石集』と『吾妻鏡』の類話関係を考える際に今後注意が必要かもしれない。

無住は自分自身、病弱であると繰り返すが、重病の仲間に病人戒を授け、神咒《しんじゅ》を誦して、すぐに快癒した仲間や檀那が尾張国やそれ以外の場所にもたくさんいる、とも述べている。中世は、それまで天皇や貴族の医療を担ってきた官医の技量が低下し、かわって僧医や民間医が活躍するようになった時代である。彼らは古来からの伝統的な医書や技法に固執することなく、中国の最先端の医術を積極的に吸収しようとした。性全の著書である『頓医抄』や『万安方』が、古来の医学的知識を踏まえつつも、中国の宋の最新医術をとり入れ、医書を参照していることにも、それはよくあらわれている。無住はまちがいなく僧医という立場であったと思われるが、仏法と医術を天秤にかけた場合、やはり仏法による治療が優先されるべきものであった。神呪とは霊力を秘めた呪文、陀羅尼《だらに》のことであるが、神呪を唱えることは病気治療に際して格別の力があるとしているし、次の話にも仏法的治療への絶対的な信頼が見てとれるのである。

ある遁世上人が病気になり、病床であまりに苦痛が激しいので、周りの人は打つ手がなく困っているだろうと思い、自分一人でその人のもとへ行き、病人の傍らでひたすら千手陀羅尼《せんじゅだらに》を唱え続けた。すると病人も陀羅尼を唱えて起き上がり、「このような薬があったのですか」と涙した。腰のあたりから水をかけたように涼しくなって、頭にも水をかけたような心地で熱が下がり、まもなく快癒した。当時もいる人である。

〔『雑談集』巻六「霊の事」〕

このように自らも僧医として活躍した無住の興味は説話採録の際にも発揮されている。二話ほど紹介しておきたい。

『百喩経《ひゃくゆぎょう》』に、「昔、愚かな俗人が、ある人のもとへ聟《むこ》入りした。様々にもてなされたが、利口ぶって上品そうに振舞い、まったく物も食べずに腹が減ったので、妻がちょっと席をはずした隙に、米を口いっぱい頬張って食べようとしたところ、妻が戻ってきたので、恥ずかしくて顔を赤くしていた。『頬が腫れていらっしゃるように見えますが、どうかしたの』と妻が尋ねても、声も出せず、ますます顔が赤くなるので、腫物《はれもの》がひどくなって声も出せないのかと驚き、父母を呼んできた。『どうしたどうした』と言うと、ますます赤くなるのを見て、近所の者も集まってきて、『聟殿の腫物が重症だそうだ、驚いた』と見舞いに来る。そのうち『医者を呼べ』ということになり、近所の藪《やぶ》医者《くすし》が呼ばれて診察すると、『大変重症な腫物です。一刻も早く治療をしましょう』と、大きな火針を赤く焼いて、頬を突き通したところ、米がぽろぽろとこぼれてきた。頬は破られ、恥がましいことになった」。

〔巻三の二「問注に我れと負けたる人の事」〕

世の中の人が、罪を犯してもそれを隠し懺悔もせず、死後地獄に堕《お》ちて責め苦を受けることの譬え話である。この聟もひと言、「お腹が空いて米を食べてしまいました」と言えばよかったのに、最後まで嘘を突き通したために、手酷い結果となってしまった。罪を世にも神仏にも明らかにし懺悔することが大切、という教訓話である。本話において、「藪医師《やぶくすし》」という言葉が使われており、「やぶいしゃ」の非常に古い使用例であることも注目される。

ある牛飼いが、僧が茶を飲んでいるところに来て、「どのようなお薬でしょう。私がいただくことはできないものでしょうか」と言った。僧は、「茶は三つの徳を備えた薬である。いいですよ、あげましょう」と言って、「その徳というのは、一つは、座禅の時眠くなるが、これを飲むと夜通し眠れない（不眠）。二つめは、たくさん食べた時に飲むと、消化して身体が軽く、気分もすっきりする（消化）。三つめは、性的欲求がなくなる（不発）薬である」と言うと、牛飼いは、「それなら頂きたくありません。昼はずっと身分の高いお方にお仕えしており、夜こそは足を投げ出して寝ます。眠れなかったらどうにもなりません。またわずかに頂く少ないご飯が消えてしまったら、ひもじさをどうしたらよいでしょうか。また性欲がなくなってしまったら、今は若い女がそばにいるからこそ、機嫌をとって衣類なんかも洗濯してもらっているのですから、それもできなくなります」と言った。これは一つのことが、人によって徳にもなるし損にもなることを示している。

〔慶長古活字本巻八下の五「先世房事」〕

茶の功能について記した一話である。茶には三徳があり、「不眠」・「消化」・「不発」がそれにあたる。日本における茶の起源は諸説あるが、臨済宗の祖栄西が、宋から茶を持ち帰り、茶を飲む習慣（喫茶）が寺院に広まったという通説が根強い。しかし喫茶は平安時代から貴族や僧の間に広まっており、禅宗寺院よりもむしろ顕密寺院において盛んであったことも明らかにされている。栄西が禅僧よりもむしろ密教僧としての側面が強かったことは『沙石集』の様々な逸話からも見てとれるが、禅院の茶礼《されい》が確立するのは、鎌倉建長寺開山、蘭渓道隆《らんけいどうりゅう》の来日を待たねばならなかった。そのような中で栄西が茶祖とされるのは、茶の功能と製法に関わる『喫茶養生記《きっさようじょうき》』を記したことが大きいであろう。「茶は末代養生の仙薬、人倫延齢の妙術なり」の書き出しで始まる本書において、喫茶の方法を次のように述べている。

極めて熱い白湯を、茶の粉に注いで服用する。銭の大きさの匙で二、三杯が基準だが、多少は好みで調整してよい。とはいえ湯が少ない方が効果があるが、それも好みである。ことに濃い茶ほどおいしい。飯を食べ、酒を飲んだ時は、必ず茶を飲んで消化を助けるのがよい。喉が渇いて飲み物を飲むときは、薬湯など他の湯を飲んではいけない。ひたすら茶を飲むのがよろしい。飲み物として、桑湯と茶湯を飲まないと、様々な病を生じる。

〔『喫茶養生記』巻下〕

この言葉のごとく、『吾妻鏡』には、二日酔いの将軍源実朝に対して、茶を勧める記事が見られる。

将軍家（実朝）が少々ご病気で、人々が走り回った。ただし特に大事ではなく、これはあるいは昨夜の酒宴の酔いが残っていたのであろうか。この時、葉上僧正（栄西）が御加持に祗候しており、このことを聞いて良薬であるといって本寺（寿福寺）から一盞の茶を取り寄せて進め、一巻の書物をそえて献上した。茶の効能を讃えた書物である。実朝は喜ばれたという。栄西は、「先月頃、座禅の余暇にこの本を書き出しました」と申し上げた。〔『吾妻鏡』建保二年（一二一四）二月四日条〕

ここでいう「この本」こそが、『喫茶養生記』といわれている。

また『明恵《みょうえ》上人《しょうにん》伝記《でんき》』には、栄西から茶の木を譲り受けた明恵が茶の栽培を行ったとの記述があり、その際には茶の徳として「不眠」と「消化」の二徳があげられている。本話のように「不発」を加えた三徳がいつからどこで伝わったのかは判然としないが、茶の三徳を伝える非常に古い話として本話は位置づけられる。西大寺にも忍性作とされる茶園があり、西大寺を中心とした茶の栽培、茶にまつわる儀礼、言説なども気になるところである。茶が寺院において愛飲されつつも、いまだ民間には広まっておらず、僧の飲む「薬」として認識されていた当時の世相が、本話の背景には見てとれるのである。

第二章――神と仏の中世神話

第一節　伊勢神宮と仏教

『沙石集』巻一は、伊勢神宮の話から始まる。弘長《こうちょう》年間（一二六一～六三）に、無住自身が伊勢の内《ない》宮《くう》に参詣し、ある神官から、「当社では、三宝《さんぽう》（仏・法・僧）という言葉を発することをしないし、御殿の近くへ僧は近づけない」と聞いた。神官はその理由を、次のように語る。

昔、この国がまだ存在しなかった頃、大海の底に大日如来をあらわす印文《いんもん》があった。それを天《あま》照《てらすおおみかみ》大神が、鉾《ほこ》を海中にさしおろしてお探しになった。その鉾のしたたりが露のようになった時、第六天《だいろくてん》の魔王がはるか彼方からこれを見ていて、「このしたたりが国となって、仏法が広まり、人間が悟りを開く予兆が見られる」と言って、その印文を奪うために天から降りてきた。天照大神は、魔王に向き合って、「私は今後、三宝の名前を言わないし、この身にも近づけない。だから安心して、すぐに天にお帰り下さい」となだめたので、魔王は天に帰ったのだった。

この約束を破らないようにと、伊勢神宮では僧などは御殿近くに参詣せず、社殿では、経をあらわには持たない。三宝の名も正しくは言わず、「仏」のことは「立ちすくみ」、「経」のことは「染め紙」、「僧」のことは「髪長《かみなが》」、「堂」のことは「こりたき（香燃）」などといい換えている。表向きは仏法に縁がないようにして、内々では三宝を深く守っていらっしゃる。だから我が国の仏法はもっぱら天照大神のご守護によるのである。

〔巻一の一「太神宮の御事」〕

神に関わる説話を巻頭におくことは、中世の説話集として特に珍しいことではない。『古今著聞集《ここんちょもんじゅう》』は巻一を「神祇」としているし、『私聚百因縁集《しじゅひゃくいんねんしゅう》』は天竺《てんじく》（インド）・震旦《しんたん》（中国）・本朝（日本）の三国的世界観に立ちつつも、本朝篇の巻頭で神明説話を語る。その中で本話は、一読すると『古事記』等に載る日本国の始原説話と重なりつつも、中世的変容を遂げた内容となっていることに特徴がある。試みに、該当箇所の『古事記』を見てみよう。

高天原《たかあまのはら》の神々は、伊耶那岐命《いざなきのみこと》と伊耶那美命《いざなみのみこと》の二神に対して、「この漂っている国土をあるべき姿に整え固めよ」とお命じになり、天《あめ》の沼矛《ぬほこ》を授けて委任なさった。二神は天《あめ》の浮橋《うきはし》の上にお立ちになり、その沼矛をさしおろし、かき回した。潮をカラカラとかき鳴らして、引き上げたときに、その矛の先からしたたる潮が積もって島となった。これを淤能碁呂島《おのごろしま》という。

『古事記』ではイザナキとイザナミが矛を海中にさしおろし、引き上げた矛からしたたった潮が島、つまり日本の国土になった。しかし『沙石集』において、矛をさしおろしたのは天照大神であり、探っていたのは密教の中心仏、大日如来をあらわす印文なのである。この印文とは、大日如来の種子である鑁《ばん》字《じ》（𑖪𑖽）をさす。それを見ていた第六天魔王とは、仏教的世界観を構成する六道（天界・人界・修羅界・畜生界・餓鬼界・地獄）の最上位、天界（六欲天）の最上階に住み、常に仏教を妨げる存在である。当初は国生みの説話であったものが、仏法流布に関わる説話に読み替えられ、表面上は仏教と関係のない様子の伊勢内宮が実は仏法擁護の地であり、その姿勢は天照大神と第六天魔王の密約のうえに成り立っているものなのだ、という解釈は、仏教側が神道を取りこむ際に生まれた言説であり、中世になって盛んに流布した、まさに「中世神話」なのである。

そもそも、日本における神と仏の関係性は、時代によって様々に変化してきた。八世紀には、神仏《しんぶつ》習合《しゅうごう》の考え方があらわれ、神もまた人間のように苦しんでおり、仏教により救済される存在であると理解された。これを神身離脱《しんしんりだつ》といい、神の苦しみを除くために、神社付属の寺院（神宮寺）が造られ、神社における読経《どきょう》（神前読経《しんぜんどきょう》）が行われたのである。そして平安時代に入ると、本地垂迹説《ほんじすいじゃくせつ》が成立する。「本地」とは仏菩薩、「垂迹」とは神のことであり、本体である仏や菩薩が、苦しむ人間を救済するために、仮にあらわれたのが神である、という考え方である。以後、特定の神に特定の仏や菩薩が固定化されていくことになる。例をあげれば、天照大神の本地仏は救世《ぐぜ》観音や十一面観音、盧舎那仏《るしゃなぶつ》であり、八幡大菩薩《はちまんだいぼさつ》の本地仏は阿弥陀仏や釈迦仏である、といった具合に、特定の組み合わせが認識されていくようになる。

さて巻一では、笠置《かさぎ》の上人解脱房貞慶《げだつぼうじょうけい》が伊勢に参詣した話を続けていくが、本話についても、無住は同じ神官から話を聞いている。貞慶は久寿二年（一一五五）生まれで、父は藤原貞憲《さだのり》、祖父は平治の乱で敗死した藤原通憲《みちのり》（信西《しんぜい》）である。信西の息子や孫たちは高僧として活躍し、一族が信西の十三回忌を催した折の話もある〔巻十本の四「俗士、遁世したりし事」〕。貞慶はもと興福寺の僧であったが、僧の堕落を嫌い、後に笠置寺《かさぎでら》に隠遁した。彼のように仏教の世俗化を嫌って二度出家する状態になることを遁世と呼ぶが、無住は遁世聖《とんせいひじり》の良き先達《せんだつ》として、『沙石集』全体を通して、貞慶を好意的に描いている。貞慶は神祇信仰にも篤く、本話は、まさに僧が伊勢を目指した実態をあらわす話といえる。貞慶は何のために伊勢に参詣したかというと、「菩提心《ぼだいしん》を祈るため」なのである。菩提心とは悟りを得て、他者を救おうと努める心であるから、まさに仏教者としての最重要ともいえる心の持ちようを、伊勢に参詣することによって叶えようとしているのであり、天照大神が我が国の仏法を守護する重要な存在として意識されていたことを裏づけている。

貞慶はまず、菩提心を身につけるために京の石清水八幡宮《いわしみずはちまんぐう》に参籠するが、夢の中で、「自分では叶えられないので、伊勢に参れ」という八幡大菩薩のお告げを受ける。八幡大菩薩は、そのまま伊勢への道中の様子を詳しく教えてくれた。お告げのままに、貞慶は外宮《げくう》の南の山をまっすぐ越えていく。すると山頂には池があり、大小の蓮花が池に満ちていた。あるものはつぼみを含み、あるものは花を咲かせている。その色と香りは実にすばらしいものであった。近くに人がいたので聞いてみると、その人は、「この蓮花は、当社の神官である。既に往生した者は花開いているが、これから往生する者はまだつぼんでいる。和光《わこう》のご方便で、多くの者は往生する。あのつぼんでいる大きな蓮花は、経基《つねもと》と申す禰宜《ねぎ》がこれから往生する予定の花である」と語った。

夢から覚めて、貞慶はすぐに伊勢に向かった。道中は夢と全く変わらなかった。ただ外宮の南の山の麓を廻ったところには広い道だけがあり、山頂に向かう道がなかった。そこで若い俗人を招き寄せて、「ここに経基という禰宜はいますか」と聞くと、「私こそ、その経基です。禰宜になる予定ですが、まだ禰宜にはなっていません」と答えた。貞慶は金三両を笈《おい》の中から取りだして奉納し、そのまま彼の家に宿泊し、社頭の様子など細かに聞いていた。そして貞慶は、「私がもし今生において生死の世界を解脱《げだつ》することができずに、また人間に生まれたならば、当社の神官に生まれて、和光のご方便《ほうべん》をいただくつもりです」と誓われたのだった。

これらの話は、経基と親しい神官が私に語ったことなので、確かなことです。

〔巻一の二「解脱房の上人の参宮の事」〕

無住は本話において、和光の方便（仏が愚かな我々を仏道に導くために使う、便宜的な手段）という言葉を頻回に使用している。この「和光」は「和光同塵《わこうどうじん》」の略であり、本地垂迹と同じく仏が神の姿をとってあらわれることをさすが、「光を和《やわ》らげ塵《ちり》に同《おな》じうす」という言葉の通り、神を通した仏の救済の力をより意識した言葉である。我々人間を救うために、仏がわざわざこの穢れた世界に神として姿をあらわして下さったことを強調する言葉なのである。

この和光＝神の救済力は、貞慶にとっても、今生で救われないのであれば次の生でぜひにと熱望するほど魅力的なものであった。夢の中で登った山は外宮の南に広がる高倉山《たかくらやま》であり、外宮から内宮への参詣ルートでもあった。高倉山は高天原であり天岩戸《あまのいわと》であり高野山であり兜率天《とそつてん》（弥勒菩薩の浄土）であるという言説が存在し、無住の理解もそのような秘説に裏付けされているとの指摘もある。未来の救済仏である弥勒菩薩がこの地上に降り立つその時まで、弥勒と一体である天照大神が現世において我々を救済する、まさにこれがありがたい和光の方便なのである。貞慶が見た、山頂の池に充《み》ち満ちた蓮花の数々は、その時を待ち続ける伊勢の神官たちの願いに他ならない。

無住は伊勢神宮を次のように解釈している。

すべては大海の底の大日の印文から起こったことで、伊勢の内宮・外宮はそれぞれ胎蔵界《たいぞうかい》・金剛《こんごう》界《かい》の両部の大日如来であると申しております。天の岩戸というのは兜率天のことで、高天原とも申します。神代のことはみないわれがあるのでしょう。真言の思想では、兜率天を内証《ないしょう》の法界宮《ほっかいぐう》、密厳国《みつごんこく》と申します。大日如来はその内証の都を出て、天照大神として日本に出現なさったのです。

伊勢神宮の内宮は胎蔵界の大日如来、外宮は金剛界の大日如来とする。天岩戸と高天原は弥勒菩薩の兜率天であり、その兜率天は大日如来の浄土である密厳国（法界宮はその中にある大日如来の宮殿）である。だから天照大神というのは、内なる悟りの都である密厳国から日本に出現した大日如来なのである。これは中世に成立した密教系神道論である両部神道《りょうぶしんとう》の思想そのものである。僧による伊勢参宮は、平安末期以降行われるようになるが、文治二年（一一八六）の東大寺衆徒による参宮を契機として隆盛を見せるようになる。無住はこれら一連の話を弘長年中（一二六一〜六四）、伊勢参宮の折にある神官から聞いたとしているが、無住の記していることは、当時誰もが知り得る内容ではない。では誰が無住にこの秘説を語ったのか、伊勢内宮禰宜の荒木田氏忠《あらきだうじただ》ではないかといわれている。氏忠は建治元年（一二七六）に死去するまで三十年以上も正禰宜を務めており、南都僧の伊勢参宮に積極的に関わっていた。無住は、常陸国における西大寺流律の修学や、南都の菩提山正暦寺での修学を通して築いた南都僧ネットワークの中で伊勢に参宮し、当時最先端ともいえる両部神道説を聞き、書き残すことができたのである。

第二節　穢れと神の慈悲

南都の三輪《みわ》の上人、常観房《じょうかんぼう》は、慈悲深い人で、密教を中心として、結縁《けちえん》のために人々に真言を授けていらっしゃると評判であった。ある時、ただ一人で吉野の山上へ参詣する道のほとりに、幼い子どもたちが二、三人、並んでさめざめと泣いていた。何となく哀れに思えて、「どうして泣いているのか」と尋ねると、十二、三歳ぐらいの少女が言った。「母が悪い病気にかかって死んでしまいました。父は遠くへ行っていて不在で、他人は煩わしく思って、弔《とむら》ってくれる人もいません。私は女で、弟たちはとても幼く、どうしようもなく悲しくて泣くしかないのです」と涙を流し続けた。常観房はその様子に心を打たれ、「今回は吉野への参詣を諦めてこの子どもたちを助け、いつの日かまた参詣しよう」と思い、適当な近くの野原へ死体を持っていって捨てて、陀羅尼《だらに》などを唱えて弔い、そのまま三輪に帰ろうとした。すると、身がすくんで動くことができない。常観房は、「ああ、思ったとおりだ。神にお参りする前は、厳しい精進潔斎《しょうじんけっさい》が必要で、死の穢《けが》れに触れるなんてとんでもないことなのに、このようなことに関わってしまった。これは神罰にちがいない」と、とても動揺した。しかし試みに、吉野の方角へ向かって歩いてみると、何の問題もなく進めるのだった。その時、常観房は、「それでは、吉野へ参れ、という神のおぼしめしなのか」とほっとして、そのまま無事吉野に参詣したのだった。

さて吉野山上の金峯山寺《きんぷせんじ》に参詣したが、さすがに畏れ多く思ったので、社殿からはるかに離れた木の下で念誦《ねんじゅ》し、経や法文《ほうもん》を唱え神に捧げていた。ちょうどその時、巫女が神がかりをして舞い踊っていたのだが、突然走り出して、「そこのお坊さまはどうして……」と言って近づいて来た。常観房は、「ああどうしよう。ここまで来てはいけなかったのに、神のお咎《とが》めにちがいない」と胸騒ぎがして恐れおののいた。すると巫女は、「どうしたのですか、お坊さま、ずっとあなたが来るのを待っていたのに、遅いではありませんか。私は穢れを咎めたりはしない、慈悲の心こそ貴いものよ」と言って、常観房の袖を引っ張って拝殿にお連れになった。常観房はあまりに畏れ多く、すばらしく思われたので、墨染めの衣の袖も感激の涙で濡れるばかりであった。そのまま仏法の教えなどを拝聴して、泣く泣く三輪へ帰ったのだった。

〔巻一の四「神明は慈悲を貴び給ひて物を忌み給はぬ事」〕

神は本来穢れを嫌う。死穢《しえ》や血穢《けつえ》など、人の死や出血をともなう一切も穢れであり、そのような不浄を持ち込むことを厳しく制限するのである。本話の主人公である三輪の常観房は、三輪流神道の祖である慶円《きょうえん》（一一四〇〜一二二三）のことである。三輪流神道は奈良の三輪山、大神《おおみわ》神社の神宮寺であった平等寺《びょうどうじ》や大御輪寺《だいごりんじ》を中心に展開した真言密教系神道であり、西大寺の叡尊とその門流が大きく関与した。慶円自身は、無住が『沙石集』の中で共感と尊敬をもって描いている金剛王院僧正実賢の弟子でもある。西大寺律や真言密教の醍醐三宝院流など、法脈としても無住との関連がうかがわれ、修学の場を通して耳にした話なのかもしれない。

ここで常観房の不浄を許した慈悲深い神は、吉野金峯山寺の蔵王権現《ざおうごんげん》であるが、現世への出現は簡単ではなかったようである。

昔、役行者《えんのぎょうじゃ》（役小角）が吉野山で修行をなさっていた時、まず釈迦像が出現した。役行者が、「そのような優しげなお姿では、この国の人々を教化するのは難しい」と言うと、今度は弥勒菩薩のお姿があらわれた。それでもまだ駄目だと言うと、今度は恐ろしげな今の蔵王権現の姿であらわれた。役行者は、「このお姿こそ、我が国を教化するのにふさわしい」と受け入れ、今に至るのだ。

〔巻一の三「出離を神明に祈りたる事」〕

無住は、仏と神は本体は同じであるけれども、我々人間の資質に向き合うには、一時的に優劣が出ることもあると述べ、我が国においては、神が優れている場合もあるという例として、蔵王権現の出現を語る。現在金峯山寺で拝観できる蔵王権現像は、憤怒《ふんぬ》の表情をした三体の青い巨像（約七メートル）であり、それぞれが本地仏の釈迦如来（過去）、千手観音（現在）、弥勒菩薩（未来）の垂迹神である。猛々しい姿を前にすると、神の咎めや怒りを想い自然に背筋が伸びるが、穢れをいとわず常観房の慈悲心を認め、尊ぶ姿には、人間の素直で優しい心を大切にする神の慈悲があらわれているのである。

本話以外にも、『沙石集』には熱田や春日、熊野の神々が、人間の慈悲や仏道心を尊ぶ説話が多々収録されているが、その面倒見の良さが、人間の死後までも及ぶ点で特徴的な次の話を紹介しておきたい。

南都の興福寺に璋円《しょうえん》という僧がいた。貞慶の弟子で、学問に秀でた人であったが、死後魔道に堕ちてしまった。璋円はある女性にとり憑《つ》いて、「我が春日大明神の救済のお力のすばらしさといったら、少しでも縁のあった人は、どんな罪人であっても、他の地獄へは行かせないのだ。春日野《かすがの》の下に専用の地獄を作って、そこに入れては、毎日早朝に、第三の御殿から地蔵菩薩がいらっしゃる。地蔵は洒水器《しゃすいき》（香水を入れる器）に水を入れて、散杖《さんじょう》（木の棒）を添えてその水を注いで下さり、その水が一滴罪人の口に入ると、地獄の苦しみがしばらく和らぐ。少し正気でいられる間に、大《だい》乗経《じょうきょう》の重要な章句や、陀羅尼《だらに》、神の呪文を唱えて聞かせて下さる。これを毎日怠りなくして下さるおかげで、しだいに魔道から抜け出ることができる。また学僧たちは、春日山の東の香山《こうせん》という所で、春日大明神が『般若経《はんにゃきょう》』を説いて下さるのを聴き、論議問答などをしており、生前の人間界と変わらない。この世で学僧であった者は、あの世でも学僧なのである。直接大明神のご説法を拝聴することこそ、本当にありがたいことである」と語った。

〔巻一の六「和光の利益の事」〕

南都の興福寺と春日大社が、神仏習合により一体化され、藤原氏の氏寺として大きな勢力をもっていたことは周知のことであったが、春日野の下には春日大明神お手製の専用地獄があるという。そこは「魔道」であり、仏教における一般的な地獄とは様相が異なる。苦しみはあるものの、地蔵菩薩（春日社の主神は鹿島大明神であるが、第三殿の天児屋命《あめのこやねのみこと》の本地が地蔵菩薩である）の助けで仏法に触れる機会が残されており、その功《こう》が積もれば、やがては抜け出すことができる世界である。生前学僧であった者には、学問をして春日大明神の説法を聴聞する別の場所が設けられており、これもやはり、少しでも縁をもった者を救おうとする、神の慈悲のあらわれなのである。本話は、ほぼ同文で『春日権現験記《かすがごんげんげんき》』（春日大明神の霊験と威徳を記した絵巻物作品。鎌倉時代成立）にも収録されており、両書の間の共通話は他にもあるのだが、『沙石集』には、『春日権現験記』には見られない春日野地獄関連説話がさらに収録されている。

中ごろ、南都に学僧がいた。亡くなった後に、弟子の僧が師の転生先を知りたいと思ったがよくわからなかったので、教えてくれるように本尊にお祈りした。するとある時、春日大社に参詣する途中で、亡くなった師僧に出会った。夢のような気がしていると、「おまえさまが、私の転生先を知りたいと思っているようなので、見せようと思う。さあおいで」と、春日山に連れて行った。そこには興福寺のような寺があり、僧坊もたくさんあった。師僧はそこの部屋に入って、「ここで私の様子を見ていてごらん」と言う。見ていると、講行《こうぎょう》が始まるらしく、それぞれの部屋から僧たちが法衣《ほうえ》を着て出てきて、講堂の中に並んで座った。そこでいつものように、問答や論議を行っていた。

するとその後、空から何かがくるくると回転して落ちてくる。釜《かま》であった。また落ちてきたものがあった。獄卒《ごくそつ》（地獄で亡者を責めさいなむという悪鬼）であった。銚子や器なども次々と落ちてきた。そうして獄卒が釜の中でドロドロに溶けた銅《あかがね》の湯を銚子ですくい、器に入れて、順々にその場の僧たちに回した。僧たちは器を受け取ってその湯を飲み、悶絶《もんぜつ》して息絶えた。みな、その身体は燃え尽きて、灰のようになった。すると、獄卒も器も道具もすべて消えてなくなった。

あ然として見ていると、半時ほどして、僧たちはまた順々に生き返り、元通りになって、それぞれの部屋へ戻っていった。師僧は、「さておまえさま、私の様子は見ておられたか。これは仏法を名誉や利益のために学んだために、このような苦しみがずっと続くのだ。ただただすがに仏法を学んだおかげで、生前のように論議や問答をする。名誉や利益を考えずに修行すべきであったのに、情けない道に入ってしまったものよ」と泣く泣く語った。そして弟子は師僧に送られて山から出た。自分の部屋へ戻り、まるで夢から覚めたような気分であった。

この弟子は、その後発心《ほっしん》して修行に出た後、行方知れずになった。因果の道理は外れることはない。大いに慎まなければならない。

（巻五本の六「学生の魔道に堕ちたる事」）

先の話において、「生前学僧であった者はあの世でも学僧である」と書かれており、学僧たちが生前同様、死後も論議問答をする「香山《こうせん》」（天狗などが集まる別世界として、『今昔物語集』などにも登場する）という場所が示されていた。本話はまさに、春日大明神お手製地獄のうち、私利私欲に走った学僧地獄といえる。獄卒によって銅の煮え湯を飲まされ、身体が燃え尽き灰になったあとまた生き返る、という内容は、仏教の八大地獄のうち、等活地獄《とうかつじごく》を思い起こさせる。責め苦に耐え、論議問答をした結果、どのくらいではれて許されるのかも明らかにされておらず、師僧の涙は弟子に発心を決意させるに十分なものであった。『沙石集』にはこの他にも、春日大社に関わる実在の人物が登場する地獄巡りの話（巻二の八「仏法の結縁空しからざる事」）があり、無住にとって春日大社の専用地獄は、神の慈悲と罰を象徴するものとして、大きな関心をそそられるものだったのである。

第三節　神を信じない人の末路

『沙石集』全体を通して、無住が堅く戒めていることとは何か。それは偏執《へんしゅう》である。偏執とは字の如く、「偏《かたよ》り執《しゅう》する」ことであり、おのれの主義主張や宗に執着して、他を批判することである。そのような姿勢は、神への信仰と仏への信仰が一体化している時代にあって、時に深刻な問題を生むことがあった。

鎮西《ちんぜい》（九州）に、浄土宗を学ぶ俗人（出家していない人）がいた。自分の所領の中の神田《じんでん》（神社が所有している田）を勝手に測量して、余分の田を多く没収したため、社僧や神官たちが怒り、鎌倉幕府に訴訟を起こしたが、「余分の田を取っただけであって、地頭の言い分に道理がある」と、訴えを退けられてしまった。そこで、地頭に重ねて申し入れたが、全く相手にしてもらえなかった。「聞いて下さらないなら、呪詛《じゅそ》しますぞ」と言ったけれども、「全く恐れるに足りない。私は浄土門の修行者であるから、神なんかなんとも思わない。阿弥陀様の救いの光に照らされている修行者を、神が罰することなどおできになろうか」と言って、からかいあなどった。

そこで神官たちはますます恨みを深くし、呪詛をした。するとまもなく地頭は病気になって、気が狂ったようになった。地頭の母である尼公は、その様子にひどく驚き悲しんで、「私への親孝行だと思って、神田をお返し下さい。お詫びをして下さい」と泣く泣く言ったけれども聞き入れなかった。

病気は段々重くなり、命も危うく見えたので、母は思いあまって、神を巫女にのりうつらせた状態で、息子のもとへ使いを遣った。そして、「無理にでも神田をお返しになり、お詫びをして、神田を新たに加えて差し上げなさい」と言ったが、病気の息子は正気を失った様子で、首をねじ曲げて、「神がなんだ！」と言って全く聞かなかった。

使いは帰ってきて、「これこれでした」と密かに母に申し上げたが、ちょうどそこでは巫女に神が憑いて様々に託宣をしているところであった。そこで母が息子の言葉をやわらかくとりなして、「息子は『神田をお返ししたい』と申しております。どうかこの度の命だけはお助けください」と申し上げた。すると巫女はふっと笑って、「首をねじ曲げて、『神がなんだ！』と言っているのにか。何と汚い心であろうか。私は神であるが、本地は十一面観音である。本仏である阿弥陀如来の本願を頼みとし、真実の心で念仏を唱えるならば、どんなに愛しく思えて尊いことだろう。これ程汚く濁り、道理に外れた心では、どうして阿弥陀の本願にふさわしいといえるだろうか」と言って、ぱちぱちと爪弾《つまはじ》きをして、はらはらと涙を流された。それを聞いていた人は、みな涙を流したのだった。

息子はねじれた首も治ることなく、曲がったまま息が絶えた。最期の時になって、年来の師匠が善知識《ぜんちしき》（導き手）として念仏を勧めたけれど、「こざかしい」と言って枕をもって殴りかかり、頭を殴りそこなって、滅多にないひどい最期だと見えた。

その後、母の尼公も病気になって、白山の神をおろしてお詫びを申し上げた。「私は息子をとめたので、お咎めがあるとは思えません」と言うと、「確かに息子をとめはしたが、息子を思う心が深いゆえに、心中で私を恨んだことは捨て置けない」とのお告げで、とうとう母も死んでしまった。

その後、地頭の息子が家を継いでいたが、程なくして、家の棟《むね》に鷺《さぎ》がいるのを占ったところ、「神のお咎めである」とのことだった。その家にいた陰陽師が、「神の罰など何てことはありません。私が封じ込めてみせましょう」と言った。するとたんに、盃《さかずき》を持ったまま、縛られたように手が後ろにまわって、そのまますくみ死んでしまったのである。

〔巻一の十「浄土宗の人、神明を軽しむべからざる事」〕

この話の主人公である地頭は、「浄土宗の学生《がくしょう》」である。浄土宗は法然を開祖とし、阿弥陀仏の本願を信じてひたすら念仏を唱えれば、極楽往生できると説いた。九州には法然門下の弁長《べんちょう》が筑前国《ちくぜんのくに》を中心に布教しており（鎮西義《ちんぜいぎ》）、この地頭もその流れに属する者であったかもしれないが、「自分は浄土宗を信仰する者であるから、神など怖くない」と神を軽んじ、結果的に狂乱して死ぬという結末を招いた。母が巫女におろした神は白山権現《はくさんごんげん》であり、十一面観音を本地仏とする。神は、「自分を軽んじたとしても、浄土宗の者が頼みとする阿弥陀仏を心の底から信仰して真実の心で念仏を唱えていたなら、助けようと思っていた」と語っており、地頭は浄土宗を信仰する者として、仏教の側から見ても、救うに値しない者だったのである。神罰はその後、母、息子、そして神を軽んじた陰陽師にまで及び、神の怒りの持続性を知らしめるものとなった。無住はこの一件について、次のように解釈している。

およそ、念仏宗は、この穢れた世にふさわしい肝要な教えである、おろかな我々が解脱するための、一直線の路《みち》である。本当にすばらしい宗なのであるが、他の修行方法や他の善根を積むことを嫌い、仏菩薩や神までも、さらには他者を救済するという大乗仏教の教えそのものさえも批判することが、しばしば聞かれる。この地頭は、どんな修行方法でも往生できるということを認めない流派で、とりわけ、他の仏菩薩や他の宗をも軽んじた人であったのだ。〔同前〕

無住が戒める偏執は、神対仏という図式のみではなく、仏教内部の宗間においても深刻な問題であった。特に、「念仏さえ唱えれば、どんな人でも極楽往生できる」と信じて、「だから他の修行は無駄であるし、往生できない」と、念仏以外の修行を批判する者たちの存在は、無住にとって到底受け入れがたいものであった。中でも、『法華経』を読誦《どくじゅ》して往生を願う者（持経者《じきょうしゃ》）と念仏を唱えることだけが往生への道であると信じる者（念仏者《ねんぶつしゃ》）の対立はすさまじく、次話はその様相をよくあらわしたものである。

北国に、千部の法華経を読誦した持経者がいた。ある念仏の信者に誘われて、念仏宗に入ることになった。そして、『法華経』を読む者は、必ず地獄に堕ちるのだ。大変な罪であり、雑行《ぞうぎょう》の者であり、愚かなことだ」と言われたのを信じて、「それでは、これまで全く念仏を唱えないで、長年『法華経』ばかり読んできたことが悔やまれます。なんてくやしい」と言って、立っても座っても、口でも心でもそのことばかり言っていた。

このような誤った考え方の因縁であろうか、悪い病気にかかって、正気を失って、『法華経』を読んだのが、くやしいくやしい」とばかり口ずさみ、ついには自分の舌も唇もかみ切って、血みどろになって狂い死にした。念仏を勧めた者はこれを見て、「この人は、『法華経』を読んだ罪を懺悔して、その報いに舌も唇もかみ切って失った。これで罪は消えて、きっと往生できるだろう」と言ったのだった。

〔同前〕

神と仏が一体化し、仏教系の神道が生まれる一方で、神か仏かと区別をして、一方を排斥する思潮も根強かった。『沙石集』巻一は神祇説話を中心に構成されているが、そこに見えるのは日本古来の純粋な神の話ではなく、両部神道や三輪流神道といった、仏教化された神の姿や神道論、中世神話の諸相である。神と仏を区別せず信仰せよという無住の主張は、偏執を戒めるものとして仏教内の宗対立に話が進んでいく。シリアスな場面や主張が続くばかりと思われるかもしれないが、そこは無住のこと、ほっと一息できる話も忘れてはいない。

昔、恵心僧都源信が金峯山寺に参詣なさったとき、神のご託宣があって、仏法の教えをおっしゃった。源信はすばらしいと感激なさって、天台宗の教えの疑問点などをお尋ねになると、明解なお答えを下さった。ついにとても大事な点をお尋ねすることになった。すると神がかった巫女は、柱に寄りかかって、足をよじってぼんやりと物思いにふけって、「あまりに和光同塵し、神になってから長いので、忘れてしまったよ」とおっしゃったとか。

東大寺の石聖《いしひじり》経住《きょうじゅう》という人が、「私は観音の化身である」と言ったが誰も信じないので、おびただしい量の誓紙《せいし》（誓いを破ったら神仏の罰を受けると約束する紙）を書いた。そこである人が、「観音の化身と名乗っても誰も信じないのなら、神通力《じんつうりき》を見せなさいよ。誓紙なんて弱気のいたり」と言った。すると経住は、「あまりに長い間神通力を見せなかったので、忘れてしまいましたのに」と言った。

〔巻一の四「神明は慈悲を貴び給ひて物を忌み給はぬ事」〕

無住は源信の話を聞いて、経住の話を思い出しておかしかった、と言っている。末代は時代に合わせた姿をとるので、仏菩薩の化身も区別が難しい、として、経住も、「もしかしたら本当に仏の化身だったかもしれない」と、おおらかに受け入れているのである。

第三章――末世の仏教界と僧侶

第一節　諸宗の対立

鎌倉時代後期、仏教界では他宗批判が蔓延していた。時代的な目安としては、無住が『沙石集』を起筆した一二七九年は法然没後六十七年、親鸞没後十六年である。いわゆる新仏教の祖師たちの中で、法然、栄西は無住より約一世紀前の人、道元と親鸞はかなり年上ではあるが、大まかにいえば、日蓮、一遍と共にほぼ同時代人と考えてよいだろう。天台宗、真言宗、律宗、禅宗、念仏宗等に、南都系仏教の法相宗や三論宗、華厳宗など、様々な宗が混在し、自らの宗の優位性を言い立てるために他宗の信仰や修行内容を否定する傾向にあった。それは偏執であり、無住が最も嫌うところであった。ただ当時の仏教界は、現在のように宗の間で完全な線引きがなされていたわけではない。天台や真言を学び律や禅も学ぶ、といったように宗間の交流はゆるやかであり、諸宗を兼学することも珍しいことではなかった。無住もその一人であり、あらゆる宗を兼学した彼を後世の人は畏敬をこめて「八宗兼学」とも呼んでいた。そんな修行経験を持つ彼だからこそ許しがたかったのが、偏執なのである。この偏執とは何かを、「無言上人の事」という落語としても有名な一話がよく示している。

ある山寺に四人の僧がいて、七日間の無言行をすることになった。道場の中で四人が座を並べ、世話をする僧が一人だけ出入りしていた。時間が経ち夜も更けて、灯火が消えかかってしまった。すると下座の僧が、「灯心をかきあげなさい」と言った。これを聞いて次の座の僧が、「無言道場で物を申してよいわけがありません」と言った。第三座の僧は、二人がそろって言葉を発したので、「世迷い言を」と言った。一番上座の僧は、「私だけは物は言いませんぞ」と言ってひとりで頷いていた。

〔巻四の一「無言上人の事」〕

人は自分の過ちには気づかず、他人の過失を聞きつけては常に誹謗中傷する。自分の顔の傷は、鏡を用いなければ見ることもできないようなものである。『沙石集』において、当時の仏教界の諸相は主に巻四に集約されており、右の無言上人の話は次の話に通底する。

この頃、三論宗の、徳が高いと評判の僧が言うには、「宗ごとに『私の宗が勝れている』と偏執するが、我が三論宗だけは偏執をしないので、他のどの宗よりも勝れている」とのこと。この言葉がそのまま偏執であることを、智者でありながらこの僧は気づかないのだろうか。まるで無言の上人のようである。まして智者でもない愚かな人は、わずかに一つの宗の法門を少しばかり聞きかじっては、他の宗を見下し誹謗する。これは宗の根本思想と宗の教えを理解していないからである。〔同前〕

一宗の高僧であってもこの不始末である。「末世の今となっては、大乗と小乗、権教と実教、顕教と密教、禅門と教門、聖道門《しょうどうもん》と浄土門の是非に偏執して、甘露《かんろ》のようにすばらしい真実の仏法を滅ぼそうとしている」と、当時二項対立的によく優劣判断の俎上《そじょう》に上っていた対象が列挙されている。同じ仏法を学ぶ者同士の対立を、無住は経典由来の様々な譬喩をもってわかりやすくたしなめていく。

獅子が死ぬのは、他の獣に食われるからではない。獅子の身体の中から虫が出て、獅子の身体を食い尽くすのである。私（釈迦）の説いた仏法は、他の天魔外道《てんまげどう》に破壊されることはない。私の弟子が破壊するだろう。（『梵網経《ぼんもうきょう》』。いわゆる「獅子身中《ししんちゅう》の虫」のこと）

像法《ぞうぼう》の時代に、私は律師だ、私は禅師だ、私は法師だと、三学が互いに否定しあって、地獄に堕ちることは矢を射るように迅速である。（『像法決疑経《ぞうぼうけつぎきょう》』）

一人の師が二人の弟子を持っていて、時によりどちらかに自分の足を撫でさすらせていた。大きな弟子は小さい弟子を嫌って、彼の担当する師の足を打ち折った。小さい弟子は大きな弟子を妬んで、彼の担当する師の足を打ち折った。（『百喩経《ひゃくゆぎょう》』。末世において、大乗の学者と小乗の学者が互いに

非難し合い、同じ師である仏の教法をともに失うことの譬え　〔同前〕

第二章の最後に、持経者と念仏者との対立をとりあげたが、『法華経』か念仏かのどちらかにしか価値を認めない者たちの対立もまた、当時深刻な問題を引き起こしていた。他にも例をあげれば、極楽往生を遂げるには、極楽の教主である阿弥陀仏以外への信仰は無駄であるとして、ある浄土門の僧は、阿弥陀仏を供養しようとした時、地蔵菩薩がそばに立っているのをよろしくないと下に降ろして散々悪口を言い、またある人は、「地蔵を信じる者はみな地獄に堕ちるだろう。なぜなら地蔵は地獄にいらっしゃるから」と言ったという。これは諸仏菩薩が本来源《みなもと》を同じくすることを知らず、外見だけで無智なる差別を行った結果である。地蔵菩薩は本来、諸仏菩薩の中で唯一地獄まで来て人間を救済してくれるありがたい存在なのである。その特性をはき違えた妄見といわざるをえない。ただ一方で、本来源泉を同じくする仏法であるならば、なぜ区別が必要なのか、特に諸宗が林立する意味があるのかという疑問が生じるが、その点についても答えが用意されている。

一般的に人の心は様々であって、何であれ一つのことを好んで、他の全てを忘れてしまうのである。だから仏道に帰依《きえ》する時も、好みというものがある。釈迦如来の教法に様々な門流をたて、法を伝える聖者《しょうじゃ》が様々な宗をたてるのは、修行しうる資質が、人それぞれに異なるからである。いずれの宗にでも取り組んで、好んで修行すれば、利益があるだろうに、むやみに自分の心で是非を

判断するのは全く無駄なことである。〔同前〕

どのような形でも、自分の好みに合う方法で仏道修行を続けていけば、必ず利益がある。一人として同じ人格ではない我々のために、仏はあらゆる救いの手を差しのべてくれている、それが諸宗存在の意義だと説くのである。

第二節　堕落した僧侶たち

日本は永承七年（一〇五二）に末法《まっぽう》入りしたとされている。これは仏教でいう三時思想で、正法《しょうぼう》・像法・末法の一つである。釈迦が入滅してから千年、釈迦の教えと修行と悟りのある正法という時代が続く。その後千年の像法になると、教えと修行のみになり、悟りがなくなる。その後万年は釈迦の教えのみが残る時代である。修行する人もなく悟りもない漆黒の時代、それが末法という世なのである。平安貴族たちはこの末法入りを心底恐怖し、何とか極楽浄土へ往生できる機縁をつかもうと、極楽を模した壮麗な寺院を建立した。ちょうど末法入りの年に造営されたのが、藤原頼通《よりみち》による平等院鳳凰堂である。それから二百年以上経過した無住の語る末世、末法という言葉の中には、平安貴族ほどの恐怖心は感じられない。ただ彼をとりまく僧侶の無智《むち》と堕落は、しばしば彼に末世という時代を痛感させるものであった。

1　無智僧

学生でもある遁世上人の庵へ、修行者がよく出入りしていた。その中のある修行者が、「私は生まれてからこのかた、まったく腹を立てたことがありません」と言ったので、上人が、「私たち凡夫《ぼんぷ》は、貪瞋痴《とんじんち》の三毒を持っている。程度の差こそあれ、お怒りにならないことはないでしょう。きっかけがなかっただけか、それとも怒ったことを覚えていらっしゃらないのか。煩悩のない聖人《しょうにん》でいらっしゃるならわかるが、あなたは凡夫ですからね。嘘としか思えません」と言った。すると修行者は、「私が怒らないと言っているのですから、そうお思いになれば良いじゃないですか。人を嘘つき呼ばわりなさるなんて、どういったおつもりか！」と顔を真っ赤にして首をねじって怒鳴りつけたので、「それなら、そういうことにしておきましょうか」と上人はその場を納めたのだった。

〔巻八の二「嗚呼《おこ》がましき人の事」〕

「私は絶対怒りません」と言っていたのに、「嘘でしょう」と言われたとたん怒る僧。自分自身を知らず、誤りに気づいていないのである。三毒とは貪欲《どんよく》・瞋恚《しんい》・愚痴《ぐち》のことであるが、瞋恚（怒り）はなかなか退治するのが難しい。無住はよく瞋恚と淫欲を比較し、「瞋恚は垢《あか》のようなものですぐ落ちるが、淫欲は染《し》みのようなものでなかなか落ちない」と述べている。淫欲に比べれば対処の仕様があるとのことだが、それは恐らく淫欲よりも、怒りは他者からわかりやすいからだと思われる。本話と似通う話として、厳融房《ごんゆうぼう》という僧の話がある。

中ごろ、甲斐国《かいのくに》に厳融房という学僧がいた。優れた学者として有名なので、修行者などが集まっていて、厳融房の身の回りの世話などしながら学問をしていた。厳融房は短気で怒りっぽい人であった。修行者たちが食事の支度をして給仕する時に、湯がぬるくても熱くても怒り、遅く持ってくると怒り、早く持ってくると、「私に食事をさせないつもりか」と食べるのをやめて怒った。頃合いを見ようと障子の隙間からのぞくと、「何を見てるんだ」と怒るので、みな不愉快だったが、優れた学僧なので、がまんして学問していたのだった。

この厳融房には妹がいた。ある時、妹は最愛の息子を亡くしひどく悲しんでいた。近所の人さえ来て慰めてくれるのに、兄が来てくれないので、「何て薄情なのかしら」と言っていると、これを弟子が聞きつけて、厳融房に伝えた。すると厳融房は、「ばかな女だ。僧の妹などという者は、普通の在家人のようであってはならない。生老病死の避けられない世に住んでいながら、愛別離苦《あいべつりく》の悲しみがないとでも思っているのか。どれ、行って道理を言い聞かせてやろう」と妹のところに向かった。

妹と対面した厳融房は、命ある者は必ず滅びるのであり、母子の別れなど当然のこと、と言って、悲しむ妹を散々叱り責め立てた。そのうち妹は涙をぬぐって、「そもそも、人が腹を立てるのはかまわぬことですか。罪になることですか」と尋ねた。厳融房は、「貪瞋痴の三毒といって、主な煩悩の中の一つであるから疑問の余地はない。恐ろしい罪である」と答える。すかさず妹は、「それならなぜ、それ程よく知っておられるのに、兄上はそんなに短気で怒りっぽくていらっしゃるのですか」と言った。厳融房はぐっと言葉につまり、「よし、それならいくらでも気が済むまで悲しんでいなさい」と言って怒って出て行った。本当に、返答につまってしまったらしかった。

〔巻三の五「ある学生、在家の女房に責めらるる事」〕

学僧である厳融房は、学問には秀でていたであろう。しかし内面や行動がともなっていないのである。「知ることが難しいのではなく、正しく実行することが難しいのである」というとおり、多聞広学《たもんこうがく》でありながら実践をともなわない典型的な末世の僧である。その矛盾を的確についた妹が学問をしていない在家人であったことも注意すべきである。無住は、「袈裟《けさ》をつけているだけでも貴い」と出家することの意義を述べる一方で、出家者と在家人の欲深さを比較するなど、出家者であるから在家人よりも優れている、と一概に決めつけることはしない。時に欲深で無智な出家者をしのぐ智恵をもつ在家人を登場させることで、僧の世俗化と堕落に警鐘を鳴らし続けているといえるであろう。ただこの厳融房はまだ学問に秀でているという側面を持っているだけ評価すべき点がある。次話からは、その無智ぶりがさらに深刻化する。

ある山寺に、習慣として、『法華経』と『仁王経《にんのうきょう》』の二つを、僧ひとりひとりが暗誦していたのだが、文字を見ないで聞いたままに暗誦している愚かな僧が多かった。その中である若い僧が、師僧から譲られた『大般若経《だいはんにゃきょう》』を虫干ししようととり広げたところ、隣の坊の若い僧がやって来て、「何経か?」と尋ねた。「さぁ、何経だろう? 亡くなった師匠が譲ってくれたのです」と答えると、「その経を十巻下さい。私は『法華経』を持っていないので、『法華経』にしたいと思います」と言った。「早くお持ちなさい」と言うと、一包み持って帰った。

経をもらい受けた僧のもとに、また別の隣の坊の僧がやって来て、事情を聞くので、「隣のなにがし坊のもとにたくさん経典があったので、『法華経』にしようと思ってもらってきたのです」と言う。すると、「『法華経』は八巻ではないか。残りの二巻を下さい。私は『仁王経』を持っていないので、『仁王経』にしよう」と言う。「早くお持ちなさい」と言うと、二巻もらっていったのだった。

〔巻八の三「愚痴の僧文字知らざる事」〕

ある在家で、『大般若経』を読誦させた中に、愚かな僧がいて、経典を逆さまに持っていた。進行役の俗人が、「あのお坊様がお持ちの経は、逆さまではないですか」と言うと、別の正しく持っていた僧が、持ち直して逆さまにしてしまった。もとから逆さまに持っていた僧は、自分は正しく持っているといった顔で、持ち直した僧を「ばかなやつ」と思い、「私もそう思っていましたよ」と言ったのだった。

〔同前〕

『大般若経』は全六百巻ある般若経典の集大成である。その量からして、法会《ほうえ》においても、経典をパラパラと順にめくって限られた部分だけを読む、転読《てんどく》という所作を行うことが多い。反対に経典の文字一つ一つを読んでいくことを真読《しんどく》というが、『大般若経』に関してこれをおこなうのは至難の業《わざ》である。『雑談集』には、この『大般若経』を真読していたために、鎌倉の大地震の折、山崩れの中、四人中一人だけ助かった僧の話がある〔巻九「経を読む徳の事」〕。それ程この大部な『大般若経』を全部読むのは大変なことなのである。しかし全八巻である『法華経』や全二巻の『仁王経』は、もちろん真読されていてしかるべき経典である。最初の僧は経典の内容を知らないうえに『法華経』が八巻であることも知らず、次の僧は巻数は知っていたが文字を知らなかった。『大般若経』に至っては、逆さまかどうかもわからないのである。このような無智が進み、布施を不当に得ていると、現世で報《むく》いを受けるようになる。次話はその典型である。

近江国《おうみのくに》出身で、三河国《みかわのくに》のある山寺に通う僧がいた。修行も学問もせず、ただ何をするでもなくお布施ばかりをもらっていたせいなのか、三河の師の僧の所へ行って、坊に入ろうとすると、下女が棹《さお》を持って打とうとする。そのまま逃げたがまた入ろうとすると打とうとするので、「これはどうしたことか」と言おうとしたが声が出ない。そのまま逃げたがせっかく遠いところを訪ねてきたのでまた行くと、下女は、「この牛は何か用があるからこう何度も来るのかしら」と言って、馬小屋に入れてつないでおいた。そこで自分の身を見ると牛であった。心の底から悲しみ、「これは普段からむやみにお布施をもらっていたせいだろう」と思い、「尊勝陀羅尼《そんしょうだらに》こそ、不当に布施をもらった罪を消すそうだ」と聞きかじっていたので、「せめて経の名前だけでも唱えよう」と思ったけれど、しっかり発音できない。ただ「ソンソン」と言ったのであった。「この牛は病気だろうか。水も飲まず草も食べず、ただつぶやいている」と人々は言ったが、情けなさに食事も忘れ、三日三晩つぶやき続けた。そうして三日経ってようやく「尊勝陀羅尼」と言えた時、元の僧に戻ったのだった。僧は縄を解いてそのまま師の僧のもとへ行き事情を話すと、「あきれた話だ」と言われ、そこで初めて尊勝陀羅尼を学び、経なども読んだということである。

〔巻九の十八「愚痴の僧の牛に成りたる事」〕

牛に変わるとは信じがたい話ではあるが、僧が僧としての学問や修行をせずに、人々が信心から差し出す布施を受けることは重罪である。その罪の重大さを現世で牛に変身する、という珍事で表現したのであろう。不当に布施を奪取する僧は死後畜生道に堕ち、牛に転生するのは典型的であるが、この僧は現世でそれを成し遂げてしまった。信者からの布施に限らず、我欲にふけり地位や名誉ばかりを望む僧は多く、それは時に、師僧の死を悼む気持ちをも超えることがあった。

ある山寺に、弟子や門徒がたくさんいる金持ちの僧がいた。この僧が急死して、財産分与などもしていなかったので、弟子たちは遺産の分け前をめぐって争い、仲が悪くなった。葬儀もしないまま二、三日が過ぎ、遺体が腐乱して臭くなってしまったので、見かねた外部の者が、葬儀をすませたのだった。その外部の者がたしかに語った話で、ごく最近のことである。

〔巻九の十二「慳貪なる百姓の事」〕

現代人にも、耳が痛い話かもしれない。

2　破戒僧

唐招提寺を開いた鑑真和尚《がんじんわじょう》は、日本に戒律の正しい教えを伝え、東大寺と観世音寺と薬師寺に三つの戒壇《かいだん》を建て、法式にかなった受戒の作法を始められたけれども、時が移り世が廃れて、中古の時代からはただ名ばかりの受戒と称して、戒壇を走り廻《まわ》って、戒の軽重もわからず、戒を犯した時の作法もわきまえず、ただむなしく年数を数えて、みだりに供養を受けるだけで、戒律を守る僧がいなくなってしまった。

それを悲しんだ智者であり学僧でもあった笠置の解脱房上人は、「何とかして律法と儀式を興隆したい」と六人の才能ある人を選んで、律法を学ばせ、戒律を守らせたけれど、まだ機が熟していなかったのか、その六人も皆わけのわからないことになってしまった。しかし、上人の誓願があって設置された律学のための供料なども絶えず、その学者の中から、近頃は法式通りの戒律を守る人が出てきた。解脱房上人の志願こそ、思えばすばらしいものである。

〔巻三の七「律師の、言は是にして行は非なる事」〕

戒律は鑑真により日本にもたらされ、国家に僧として認められる受戒の作法を行う戒壇が南都の東大寺、筑前国の観世音寺、下野国の薬師寺の三箇所に造営された。その後徐々に廃れた戒律復興を唱えたのが解脱房貞慶である。貞慶は第二章の伊勢参宮関連話で既に登場しており、無住が見習うべき先達として一貫して敬意をはらって記述していることも述べた。彼は戒律中興においても大きな志を持ち、才能ある六人を選んで律学を教え戒律を守らせたが、「わけがわからないことになった」と無住が断じるにはわけがある。

その六人の中で、名前は聞いたけれども忘れてしまいました。戒律を守ることもなく、僧坊に弟子など大勢置いていましたが、稚児に食べさせようと、さを河（佐保河？）という所で魚をとらせて目の前で煮させた。弟子の僧はかぶりものを引き入れて火を焚いた。師の律僧は、さしかけの廂《ひさし》の中にいて、指図をしていると、鍋が熱くなったので、生きた魚がいろりの中へはねて落ちた。かわいがっていた稚児が、魚を取って手水桶《ちょうずおけ》の水ですすいで鍋にもどした。すると律僧は、「よしよし、よくやった。稚児どもはそんなふうに怖がらないのがよいぞ」と言い、それを聞いていた同宿の僧が、「これは犯戒《ぼんかい》では何の罪にあたるのですか」と問うと、「声聞戒《しょうもんかい》では波逸提《はいつだい》、菩薩戒《ぼさつかい》で

は波羅夷罪《はらいざい》だ」と答えた。〔同前〕

選ばれた律僧であったにもかかわらず、そばに稚児を置き、肉食《にくじき》（魚食）を犯し、なおかつ生きた魚を鍋に入れる殺生戒まで犯している。その行為を「小乗戒（声聞戒）では懺悔しなければ地獄行きの軽罪、大乗戒（菩薩戒）では教団追放になる最も重い罪」と即座に明確に判断することができながら、その罪を平気で犯しているのである。この律僧には貞慶の志が届いておらず、無住をして律学が時期尚早と思わせる大きな要因となったのであろう。ただ貞慶の弟子である戒如《かいにょ》から戒律を学んだ西大寺の叡尊、そして忍性は、無住の律学の師となった。無住の在世時、時は満ち、貞慶の志は確かに受け継がれていたのである。

さてこの肉食と共に戒律で禁じられていたのが飲酒《おんじゅ》である。無住自身、相当の酒好きであったようで、『雑談集』には酒にまつわる逸話と言い訳が頻繁に見られる。酒の別名は、「大乗の茶、玄水《げんすい》、般若湯《はんにゃとう》、三寸《みき》、忘憂《ぼうゆう》」など様々ある。三寸と忘憂は俗語で、酒を飲むと温まり、風邪が三寸身に近づかないから、また忘憂は大の酒好きであった陶淵明《とうえんめい》の詩に由来する。大乗の茶については、次の話を見てみよう。

酒を大乗の茶ということについて、嵯峨の浄金剛院《じょうこんごういん》の院主であった道観房《どうかんぼう》は、浄土宗の学生であり、後嵯峨法皇が帰依なさっていた僧と聞いている。ある夏の日、弟子の律僧がやって来ると、人を呼んで、「大乗の茶（酒）をお出ししろ」と言う。何かと思っていると、長い柄のついた銚子に玄水（酒）をたぶたぶと入れてきた。「さあ、御房よ召し上がれ。梵網経には、『酒を飲むと、五百回、手のない人として生まれる報いを受ける』と書いてある。でもこの道観は極楽へ参るので、そのようなものにはまさかなるまい。極楽にそのような者は生まれないのだから」と言うので恐縮して言葉も出ない。すると「さあさあ」と自分が三杯飲んで、弟子にさして三杯飲ませ、「またもって来い」と言って自分で三杯飲んだ。「内野《うちの》で酔いをさまして寺へ帰りなさい」と言うので、弟子もまた三杯飲んでしまった。

〔『雑談集』巻三「乗戒緩急事」〕

浄金剛院は現在の天竜寺の場所にあった寺院で、後嵯峨院により康元元年（一二五六）造営された。その開山となったのが道観房証慧《しょうえ》である。証慧は浄土宗西山派証空の弟子であり、当寺で西山義《せいざんぎ》の弘通に努め、文永元年（一二六四）に没した。彼に酒を勧められたのは律僧であり、戒律を護持しなければいけない立場なのだが、あまりに勧められてついつい飲んでしまった。内野は平安京大内裏の跡地で、広い野原である。昔から妖《あやかし》や盗賊が出現するスポットでもあったが、人に知られず酔い覚ましをするにはちょうどよい場所であったのだろう。このように戒律の中でも気軽に破りやすいのが飲酒戒《おんじゅかい》。無住は自分が病弱であるため、「病人に酒は許されている。律の中でも、医者が酒を飲めば癒える病だというのなら、思う存分飲むべきだと書いてある」と明言している。南都の知人の僧を尋ねた際も、「お薬いります？」と言われて、「病人なので、いただきたいですなぁ」と即答。この薬とはもちろん酒のことである。そんな無住にとって、次の能説房《のうせつぼう》の気持ちは痛いほどわかったに違いない。

京の嵯峨に能説房という説経師がいた。なかなか弁舌巧みな僧であったが、大の酒好きでもあった。隣に酒屋を営む金持ちの尼が住んでいた。ある時、この尼が仏事を営むことになり、能説房を導師に招いた。能説房は常々、この尼が酒に水を入れて売るのを不満に思っていたので、酒に水を入れることがどれほど罪深いことか、あることないこと加えて細かに説法した。仏事の後、尼は酒を振る舞い、「酒に水を入れるのが罪だとは知りませんでした」と言う。能説房は、いつも水が入っていてもうまい酒なのだから、さぞや、と期待をこめて酒をあおった。とたん、能説房の「あっ」と驚嘆した声。そんなにうまい酒かと思いきや、「いつもは少し水っぽい酒だったのに、これは少し酒っぽい水というのはどうしたことか」と能説房。尼は、「そうでしょう。そうでしょう。酒に水を入れるのは罪だとおっしゃったので、これは水に酒を入れてあります」とのこと。大きな桶に水をたっぷり入れて、酒を一ひさげほど入れたのだった。この尼は、洒落でしたのか、本気だったのか……。

〔巻六の十一「能説房の事」〕

これぞ本当の「水割り」、などという冗談はさておき、飲酒にまつわる破戒行為への視線は、当人も周囲も穏やかなものである。戒律といっても数多くあり、その中でも絶対に犯してはならない戒と、その後懺悔して、より修行に励めば許される戒、様々な使い分けが、実際にはなされていたのである。

第三節　法を説く人々

1　説経師こもごも

説経とは、仏教の教義や信仰をわかりやすく説き聞かせることであり、説法、唱導などともいわれるが、『沙石集』では巻六に集中して収録されている。説経の名手として知られた安居院《あぐい》の澄憲《ちょうけん》、聖覚《せいかく》親子や静遍《じょうへん》などによる高尚な話もあれば、当時急速に増えていた民間説経師による怪しげな滑稽譚《こっけいたん》もある。ここではまず、聖覚の話を見てみよう。

故持明院《じみょういん》の御子に、高野の御室《おむろ》という方がおいでになったが、隠岐《おき》の後鳥羽院《ごとばいん》から、梵字を手ずからお書きになって、「私の逆修《ぎゃくしゅ》とお考えになって、四十八日間、供養なさって下さい」と、高野の御室に差し上げなさった。そこで高野山で供養が行われた。ちょうどその時、聖覚法印が高野山に参籠なさっていたので、二十余座の供養の中で、特に三座、聞く者を驚かす説法があった。

そのうちの一座を聴聞していた老僧が語ったところでは、まず施主分《せしゅぶん》で、「我が国で、すばらしい果報の人は隠岐の御所様（後鳥羽院）、きわめて悪い人は持明院様（後高倉院《ごたかくらいん》）」と申したので、人々は仰天した。「隠岐の御所様は末世の賢主明王であり、さまざまな芸道を復興し、その栄華がすばらしいものであったことは言葉に尽くせない程であったから、現世は思いのままであり、生涯、栄華をお極めになった。ただこのまま死ぬと来世がよろしくないものになるところ、人生を切り継いで、来世のご果報がすばらしいものになるようになさった。つまり、戦乱が起きて遠国へ移り、一時のお苦しみにあったとはいえ、その悲嘆を善知識として、前世の罪をも懺悔し、来世の苦しみを恐れて、こうして一心に逆修も念仏もするので、極楽往生の願いも必ずやかなうと思われ、現世も来世も、その果報はともにすばらしいものになるだろう。持明院様は、一生思うに任せず、生まれて良かったという思い出もなく、無駄にお年を重ねた。そこでそれを縁として、来世を願う修行をなされば、来世の安泰は間違いなかったのに、息子が即位したため、しばらくの楽しみにふけって来世のことはお考えにならず、現世・来世ともに果報がつたないものであるといえる。現世の栄華などはかないものだ。来世を願う修行をなさらねば、何の頼みとできようか」という道理を申された。聴聞するすべての人が感涙に袖をしぼったのだった。

〔巻六の十「聖覚の施主分の事」〕

逆修とは、生きているうちに自分の死後の安泰を願って仏事を行うことであり、施主分はその願主の功徳を述べる部分である。聖覚の説法は、承久の乱によって、鎌倉方に敗北した後鳥羽院が隠岐国に流罪となった後に、隠岐にいる後鳥羽院から、「逆修をしてくれ」と高野の御室が頼まれた折のものである。後高倉院（持明院）は後鳥羽院の同母兄であるが、皇位の望みもなく長らく不遇であった。しかし承久の乱が起こったことにより、息子が後堀河天皇として即位し、自らは太上天皇の尊号を受けて院政を開始したのだった。端から見れば、隠岐に流された後鳥羽院は不幸であり、太上天皇として権勢を振るうに至った後高倉院は大いなる幸せを得たはずである。しかし聖覚の説法は逆転の発想に基づくもので、来世での安穏までを視野に入れた、願主である後鳥羽院の魂を救うような名説法であった。聴聞していた人々は、聖覚の静かでいて信念のある説法の先に隠岐にいる後鳥羽院を想い、涙したのであろう。

ただ本話は色々と問題を含んでいる。まず後鳥羽院から逆修供養を頼まれた「高野の御室《こうやおむろ》」であるが、これは通常、後鳥羽院の第二皇子で仁和寺《にんなじ》第八世となった道助《どうじょ》を指す呼称である。しかし本話の冒頭では、彼を「故持明院の御子」、つまり後高倉院の子であるとする。では後高倉院の子の中に御室と呼ばれた息子はいないのか、というと、第二皇子の道深《どうしん》が仁和寺第九世であり、金剛定院御室《こんごうじょういんおむろ》と呼ばれた。この道深は道助の弟子であった。話の展開からすれば、後鳥羽院が自分の息子である道助に供養を依頼した、とあるべきであり、「故持明院の御子」が正しいのか、「高野の御室」が正しいのかを判断するに際しては、「高野の御室」、つまり道助が依頼先であったと考えておきたい。そのように考える根拠がいま一つある。それは『葉黄記《ようこうき》』に見られる次の記事の存在である。

亡くなられた院（後鳥羽院）は、流された隠岐で夢を御覧になった。後高倉院（守貞親王）とご自分の御影が並べて置かれており、「後高倉院は一旦の少善を感得してその善果を得たが、子孫は絶えるであろう。後鳥羽院は前世に法華経の持者であったがゆえに、その幸運は絶えることがないであろう。このことは、善人の権威ある文と知るべきである」と。

〔『葉黄記』宝治元年（一二四七）条〕

『葉黄記』は、四条・後嵯峨朝時代に活躍した藤原（葉室《はむろ》）定嗣《さだつぐ》によって記された日記である。定嗣の父、藤原光親《みつちか》は承久の乱で上皇方の重臣として幕府側に斬首され、定嗣の兄、光俊《みつとし》（真観《しんかん》）も筑紫国に流罪となった。しかし光俊もやがて許され歌人として活躍、定嗣も順調に昇進を重ねた。時はまさに後嵯峨院による院政が行われていた時代、この夢は、道覚《どうかく》が定嗣に語った話である。道覚は後鳥羽院の第六皇子で、第八十一代天台座主、慈円や証空を師とした。『葉黄記』の中で彼は「座主宮《ざすのみや》」と呼ばれ、後嵯峨院や筆者の定嗣との日常的なやりとりが見てとれる。ある時、後鳥羽院が生前、隠岐でご覧になった夢の話だとして、道覚が語ったのがこの話で、承久の乱によって皇統から排除された後鳥羽院の血筋がやがて戻ることを予見させるような夢想を後鳥羽院自身が得ていた、ということになる。後嵯峨天皇の即位によってそれは現実となり、『葉黄記』の書かれた時点では周知のことであったが、『沙石集』の聖覚の説法は、まだそれを知るよしもない時に行われたものであり、予見に満ちた霊妙な説法そのものであったのである。本話における後鳥羽院の扱いは、無住の承久の乱や北条氏に関する認識を考える際にも、重要な手がかりとなっている。

優れた説法は時に命さえも救うことがある。

ある名僧（一説では聖覚）が仏事に招かれて、布施をたくさんもらって帰るとき、強盗にあった。一つ残らず物は奪われ、お伴の者はみな逃げてしまった。それでも慌てることなく、「何ぞ電光《でんこう》朝露《ちょうろ》の少時《しょうじ》のこの身のために、阿僧祇耶長時《あそうぎやちょうじ》の苦因《くいん》を造らんや」と澄んだ声で二、三回吟じた。強盗の頭《かしら》は意味はわからなかったが何となく尊く、身の毛もよだち、このような危機的な状況で何をおっしゃったのかと尋ねた。僧は生死無常の道理をせつせつと語り涙を流した。翌日、この強盗の頭がやってきて、「説法に感動して発心し、出家しました。仲間にも伝えたところ、みな感動して出家しました」と切ったもとどりを三十ほど持参してきた。〔巻六の七「説経師の盗賊に値へる事」〕

この僧が吟じた、「何ぞ電光朝露の少時のこの身のために、阿僧祇耶長時の苦因を造らんや」という言葉は、「どうして稲妻や朝露のようにはかないこの身のために、数えきれないほどの長きにわたる苦しみの原因を作るのか」という意味であり、かつて玄奘《げんじょう》三蔵法師がインドから中国に仏法を伝えようとして、邪神を崇める国で捕まり、その美貌ゆえに生贄とされそうになった時、口にして救われた言葉である。その玄奘ゆかりのありがたい言葉を使ったがゆえに、強盗も発心したのではないかと、「弁舌は無間《むげん》の業《ごう》を変える」という言葉を引用して、無住は讃辞を送っている。

一方で、当時は財力のある庶民が説経師を呼び、法会を催すことが広がりを見せていた時代である。願主にへつらう施主分を述べて布施をたくさんもらおうとしたり、仏教の教義や語彙も知らずその場限りの適当な説法をする者もいる。また説法には時に尾籠《びろう》な言葉や性にかかわる言葉が多用され、気まずい空気を作ってしまうこともある。

奥州に、ある尼君が、子息の左衛門尉《さえもんのじょう》という人に先立たれ、供養をすることになった。その施主分で、子どもが親に似る因縁を述べ、「母子の因縁は心を打つものです。父母が交わるとき、男子は母に愛を抱き、女子は父に愛を抱き、識《しき》が父母の精の中に入って、子どもと変じ、孕《はら》まれるにつけても、交わるときに、父が大変良い気持ちだと父親に似るし、母が大変良い気持ちだと母親に似るのですが、亡くなった左衛門尉殿は尼君にそっくりでおられたから、交わったとき、尼君はどれほど良い気持ちでいらっしゃっただろうか」と申したのだった。あまりにも詳しすぎる施主分である。

〔巻六の一「説経師の施主分、聞き悪《にく》き事」〕

おそらく尼君をはじめ、聴聞していた人々は赤面ものであっただろう。この施主分は『摩訶止観《まかしかん》』の「赤白《しゃくびゃく》二《に》諦《たい》和合、託㆓識其中㆒、以為㆓体質㆒」に拠っており、赤諦《しゃくたい》は母の血、白諦《びゃくたい》は父の精をさす。この二つが和合して心臓となり、胎児が宿る。この説経師は『摩訶止観』に基づいた格式高い説法をしたつもりであったかもしれないが、あまりに空気が読めておらず、単なる下ネタ説法になってしまったのである。

奥州に、ある僧が、卒塔婆《そとば》供養をすることがあった。まったくの無学であったが、「鳥無《とりな》き島の蝙蝠《こうもり》」のたとえ通り、役目を譲れる人もおらず、あて推量で供養をした。「卒塔婆という名前の由来と功徳を申し上げましょう。その名を説明すると、『卒塔』とは外に建てるから『そと』、ばっと倒れるから『ば』というのです。功徳をいうと、卒塔婆の頭は、鋭いうえにも鋭くしなければなりません」と何度も口ずさみ、「なぜなら、卒塔婆こそ地獄の釜の尻を突き壊すためのものですから」と言った。

〔巻六の三「説経師の言のいやしき事」〕

卒塔婆の原義は仏舎利供養のための建造物であるが、ここでは死者の墓の傍に立てた板塔婆であると思われ、上部は五輪型になっている。ただもちろん、外に立っていてぱっと倒れるから「そとば」ではないし、先端のとがりは地獄の釜の尻を突き通すためでもない。卒塔婆の形状からの思いつき、インチキ説法である。

大津の漁師たちが仏事を営み、説経師を大勢招いて説法させたが、その多くは気に入らないものだった。そこである説経師は、漁師が不満なわけを見抜き、自ら望んで説法した。「みなさんが、近江の湖で魚をお捕《と》りになるのはすばらしい功徳です。なぜなら、この湖は天台山の薬師仏の眼です。仏の眼の塵《ちり》をとるとは、何というすばらしい功徳でしょう」。漁師たちは大いに喜んで、布施をたくさんしたのだった。

〔巻六の五「随機の施主分の事」〕

また北陸の海辺でも、漁師たちが集まって堂を建て、供養するとき、導師の説法が全く気に入らなかった。そこである僧が、漁師の心中を察して供養した。「この檀那のみなさんは必ず往生なさるでしょう。なぜなら、念仏は必ず往生を遂げる行いだからです。しかも絶え間なく唱える以上、往生は疑いありません。それにつけても、檀那のみなさんは図らずも不断念仏《ふだんねんぶつ》を申しておられる。各々が網を手にして『あみ、あみ』とおっしゃると、波は『だぶ、だぶ』と音をたてます。こうして『あみだぶ、あみだぶ』とおっしゃることは、尊いことです」と説くと、漁師たちは喜んで、生涯かけて作った財産を投げ出して、布施としたのだった。〔同前〕

漁師の生活、心中に沿う説法をして、大儲《もう》けした話である。さすがにこれには無住も、「この説法は時宜にかなったものだが、法の道理には背くものである。人々を利益せんという心を欠いて、布施を目当てに説法すれば、邪見説法《じゃけんせっぽう》となる」と苦言を呈するが、「ただ聴聞する人の資質に応じて説法しようと心がけ、しだいに説き伏せて、滅罪生善《めつざいしょうぜん》の道に入らせる方便であれば、筋が通らない説法も罪にはなるまい」とも述べている。ここで出てきた「邪見説法」は別名「邪命《じゃみょう》説法」ともいい、何よりの重罪なのである。

2　邪命説法

邪命説法という名称は、『仏蔵経《ぶつぞうきょう》』に出ており、有所得《うしょとく》と同義である。世間では、有所得とは布施を目当てにする説法と考え、たしかにそれもあるが、経には、「諸法実相を解さず、有相有漏《うそううろ》の法を説き、無相の道理を説かないのは、邪命説法である。無所得の道理を説かないために、有所得である」と書いてある。このような説法は、三千大世界すべての人の眼をえぐるよりも罪が重い。朝に晩に十悪を犯す者を師とする人はいない。十悪を犯す者の身には犯した罪がついてまわるが、他人を悪へ引きずり込むことはない。有所得の説法は、人の生死の業を増やし、真実の道理から遠ざからせるという。ましてや布施を望んでの説法は利益が目当てで論外である。

〔巻六の十二「有所得の説法の事」〕

邪命説法という言葉は、鳩摩羅什《くまらじゅう》が訳した『仏蔵経』にあるというが、実際に「邪命説法」の名は確認できず、かわりに有所得、不浄説法の名は見える。『仏蔵経』は特に巻六「浄法品」に、不浄説法に関する言辞がまとめられている。無住は『仏蔵経』の特定語句を引用したというよりは、全体の趣意を述べているようである。一方、「邪命説法」の語自体は、善導の『観無量寿仏経疏《かんむりょうじゅぶっきょうしょ》』や道宣《どうせん》の『四分律刪繁補闕行事鈔《しぶんりつさんはんほけつぎょうじしょう》』に見えるが、法然の弟子である良忠《りょうちゅう》の記した『観経疏伝通記《かんぎょうしょでんつうき》』に「邪命説法者、以二邪因縁一不浄説法、利養活命。故不浄説法名曰二邪命説法一」とあり、無住と同じような意味で邪命説法と不浄説法を理解しているところが注意される。無住が引用した『仏蔵経』の説明には難しい言葉が並ぶが、「あらゆる存在に真理があることを知らず、物事を差別する煩悩にまみれた状態で法を説き、本来は有相、無相を超えた空であることを説かないのは邪命説法である」といった意味になるだろう。自分一人が罪を犯せば、その罪は自らが負うことになる。しかし邪命説法は「説法」として人々に説き聞かせ、人々を導くという意味で、悪を他者に蔓延させる大罪だという意味である。ここで思い起こされるのは、『沙石集』が改変されるに際して加筆されたと思われる「毒鼓《どっく》の縁《えん》」である。もとは『涅槃《ねはん》経《ぎょう》』にある言葉であるが、無住は愛読書であったと思しい『宗鏡録《すぎょうろく》』からヒントを得ている。

毒鼓の縁というのは、鼓に毒を塗って、これを打つと、音の聞こえるすべての人が、みな命を失うのである。説経、説法の声が無智と悪業のために毒となり滅んでいくことの譬えである。

〔梵舜本巻二の十「仏法の結縁空しからざる事」〕

邪命説法や毒鼓の縁については、『沙石集』の巻十や『雑談集』でも触れられている。布施を目当てに施主におもねり、無智のかぎりをさらすような民間説経師が跋扈《ばっこ》する中で、どこまでこの戒めが現実として機能したかはわからないが、日常的に説法を行っていた無住としては、説法の持つ意義とあるべき姿を、常に確認せずにはいられなかったのである。

第四章――女性と愛欲

第一節　僧と女犯

1　隠すは聖人、せぬは仏

信州のある山寺の上人《しょうにん》には、腹違いの三人の子がいた。最初の女性との子は絶対にわからないように忍びに忍んで通っていたので、「あなたの子です」と言って連れてきたけれども不審があり、名を、「思いもよらず（身に覚えがない）」とつけた。二番目の女性との子は時々自分の僧坊へも女がこっそりと通って共に住んだので、それほど疑いの心もなく、その子を、「さもあらん（そうかもしれない）」と名付けた。最後の女性はずっと家に置いて共に暮らしていたので疑いもなく、その子を、「子細なし（問題ない）」と名付けた。この上人はある人に会って、自ら進んで、「三人の子どもがいましてね、このように名付けました。これは『子細なし』の母なんですよ」と語り、妻も出てきて挨拶した。「思いもよらず」も少し大人びた子に育っていたのを、その人は実際に見て私に語ってくれました。

〔巻四の三「聖《ひじり》の子持てる事」〕

僧が妻子を持つことの是非について、無住は大きな関心を持っていたようである。本来僧は戒律によって女性に触れることが禁忌とされており、それを破ることは「女犯《にょぼん》」といわれた。公然と妻子を持った僧としては、浄土真宗の開祖親鸞がまず思い起こされるかもしれないが、無住も僧の妻帯について多くの話を耳にしていたらしい。京都の八幡山《やわたやま》に住んでいた上人は、妻に先立たれて、「どうしましょう。妻を持たない聖《ひじり》でおりましょうか」と語ったという。本来「聖」は妻を持たない存在であるから、「妻を持たない聖」という言葉自体が矛盾しているのだが、それにも気づかない僧の堕落した姿があらわれている。無住はこの話について、「末世には、妻を持たない聖がだんだん少なくなって、その様子を後白河院は『隠すのは聖人《しょうにん》、しないのは仏』とおっしゃったとか。この八幡山の聖は隠すまでもなかった」と評している。妻帯の根本となるのは愛欲（淫欲）なのだが、この愛欲こそが、輪廻の苦しみの大もとであり、我々を生死流転《しょうじるてん》の牢獄につなぐ鎖であると説いている。この愛欲を断つことこそが最も大切だと無住は力説するが、同時にそれが人間にとって最も難しいことであることも事実である。髪を剃り僧衣をまとったからといって、愛欲の念がなくなるわけではない。その愛欲と持戒、本能と理性のせめぎ合いの中で、僧と愛欲にかかわる説話が多く残されることとなった。

2　悪妻と僧の臨終

　ある山寺法師が、誘惑に負けて、ある女性と関係を持ち、お互いの愛情も深いままに共に住んでいた。そのうちに、この僧が病気になったところ、妻が手厚く看病したので、この僧はほっとして、「弟子などがこのように看病してくれるのは希《まれ》だ。よくぞ妻を持ったものだ。臨終も安心なことよ」と思っているうちに、日数が経ち、気力も衰えていった。元々仏道心があり、念仏なども唱えていたので、今は最期だと、威儀《いぎ》を正して座り、合掌して、西の方に向かって念仏を唱えた。するとこの妻が、「私を捨てて、どこへいらっしゃるのですか。ああ悲しい！」と言って、首に抱きついて引き倒した。「ああ情けない、心静かに臨終させてくれ」と言って起き上がり、念仏を唱えると、妻はまた何度も何度も引き倒した。僧は声をあげて念仏はしたけれども、引き倒されて、組みつかれたまま絶命した。臨終の作法としては本当にぶざまなものに見えた。魔障《ましょう》のしわざであろうか。

　これ程のことは希だけれども、臨終の際に妻子が居並び、悲しみ泣いて自分を慕う姿を見れば、資質の劣った者としては、それが臨終の障害とならないはずはない。本当に解脱《げだつ》を求める人は、菩《ぼ》提《だい》の山に入る道の障害となるような束縛を捨てて、煩悩《ぼんのう》の海を渡る船のともづなを断ち切るべきである。

〔巻四の四「婦人、臨終を障《さ》へたる事」〕

自分が息を引き取ろうとする時、愛する家族が泣き悲しんで、「死なないで」とすがってきたら、どんなに強い心を持った人でも心が揺さぶられてしまうだろう。間違いなく極楽往生を遂げるためには、臨終正念《りんじゅうしょうねん》で最期を迎えることが必要であった。この臨終正念とは、臨終の際に、一切心を乱すことなく、心から仏を信じて極楽往生を願うことである。平生の信心や修行も大切であるが、この臨終時の一念に妄念や雑念が入ってしまったら、全てが台無しになってしまう。本話の妻は、夫の往生を阻《はば》もうという思惑があったとも思えないが、その悲嘆の心が結果的に夫の臨終正念を阻害してしまった。だからもともとそのような存在は作らない方が良い、つまり妻子は持たない方が良い、という方向に話が進んでいくのである。現代では、臨終の際に家族が間に合うかどうかは一大事である。仮に間に合わないと、「看取《みと》ってあげられなかった」と後々まで悔やむ場合もある。そのような感覚で本話を読むと、無住の主張は非情ともとれるかもしれないが、仏教的には、臨終時に家族を近づけるべきではないのである。例えば浄土宗第三祖である良忠（一一九九〜一二八七）が記したとされる『看病用心鈔《かんびょうようじんしょう》』にも、「知識看病の両三人の外《ほか》は、親も疎《うとき》も人をよせ給ましく候。いはむや妻子なむとは、ゆめゆめちかつけ給ふましく候（善知識《したしき》であり看病者である二、三人以外には、親しい人もそうでない人も病人に近づけてはなりません。ましてや妻子などは、絶対に近づけてはなりません）」と書かれている。

さてこの妻の行為に対して、「魔障（悪魔）のしわざだろうか」という言葉が添えられている。妻の行為は夫を失うことへの悲しみや恐怖から出たものとはいえ、魔障が妻にとり憑いてそのような行為をとらせたのではないか、と思わせるほど悲惨なものであった。妻を通して、何かより強大で邪悪な力が働いたのではないか、という疑念が生じるには、そう思わせる当時の共通観念がある。流布本系統の『沙石集』において、本話の後に加えられている次の話が参考になるであろう。

古い物語にも、仏道心のある僧が、堕落して妻を持ったが、ひとり庵室にこもって、妻に知られぬように持仏堂に入り、臨終正念で命を終えた。妻が後になって見つけて、「ああくやしい！ 拘《く》留孫仏《るそんぶつ》の時からぴたりとくっついて、追いつめ続けてきた者を逃がしてしまった」と言って、恐ろしげな様子になって、手を打って飛び去った。発心集《ほっしんしゅう》にある話である。

〔慶長古活字本巻四下の四「妻臨終の障りになる事」〕

無住が語るように、本話は鴨長明が記した仏教説話集である『発心集』（『発心集』自体もそれ以前の『拾遺往生伝《しゅういおうじょうでん》』から採録している）に、より詳細な話が収録されている。僧は肥後国《ひごのくに》の人で、中年になって妻を持った。優しい妻であったが、この僧は何を思ったか、自分が病気になった時、親しい僧に、「自分の臨終の時は、決して決して妻には知らせてくれるな」と頼んでおいた。しばらくして僧の死を知らされた妻は、激しく手をたたいて（手をたたくのは何かにとり憑かれた者が行う所作。邪悪な存在に変身するときに行うことが多い）悶絶して気を失い、二時間ほどで目を覚ますと恐ろしい声でわめき叫んだ。その内容は『沙石集』と同様である。拘留孫仏とは、過去七仏のうち、四番目の仏であるから、気が遠くなるほど長い時間、僧が往生するのを阻んできたのである。『沙石集』では妻として阻んでいるが、『発心集』では、「世《せ》々生《ぜしょう》々《じょう》に妻となり、男となり」とあるから、この僧が生まれかわる度ごとに、男性である時は妻として、女性である時は夫として、最も心奪われる存在となって阻んできたということになる。つまり臨終正念をゆるがす家族の姿は、真に家族としての愛情なのか、はたまたその背後に往生を、仏教を阻害する魔の存在があるのか、一筋縄ではいかない複雑さをともなっていたのである。

ただ真の愛情か魔の存在か、そのようなことを考える以前の、僧が性《しょう》悪《わる》な妻をもらったがゆえの失敗もたくさんある。次の話はその典型といえるだろう。

常陸国のある山里に、遁世した上人がいた。彼はもとは奈良法師で、俊《しゅん》乗《じょう》房《ぼう》重《ちょう》源《げん》が東大寺の大仏殿を造営したことなども、若い時に実際に見たのだと私に語ってくれたことがあった。年をとるまで妻を持たなかったが、七十歳になって、看病でもさせようと思ったのか、若い尼僧《にそう》と関係を持って、彼女を庵室《あんしつ》に置いていた。この尼は四十歳くらいで、京の者だったが、色々なことを口にして、引きこもっていることもなく、老僧の振る舞いなどを人に語っていた。「住職は私を呼んで、『そらそら、煩悩が起こったぞ。湯をわかして、行水の用意をしてくれ』と言うので、急いで湯をわかして、『湯がわきましたよ』と言うと、『もう煩悩は冷めてしまった』と言うのです。いつもこのような感じで腹が立つし、面白くもなく嫌になってしまいます」と言う。

この尼は、老僧を細やかに世話することもなく、若い修行僧を密かに自分のところへ通わせていた。老僧は、庵室などもそれなりに立派で食事にあてる財産も持っていたので、「この老僧を殺して、若い僧と一緒になって、この庵室に住もう」と思ったのである。そうしてある時、老僧を組み伏せた。尼は体も若く盛りで、力も強かったので、力一杯この老僧のえり首をねじって締め上げた。老僧はほとんど死にそうになって、声の限りに、「ああひどい、人殺しだ！」と叫んだ。この声が、峰を隔てた庵室の中にかすかに響き、その庵室の僧が不審に思い、すぐに駆けつけた。見ると老僧の顔色は既に変色し、息も絶えてしまったかと見えたので、思い切り尼を踏みつけて、老僧から引き離した。そうして老僧は息を吹き返したのだった。

このことは隠しておけることではなかったので、その土地の地頭に申し出て、訴訟に及んだ。尼は何の道理もなく、申し開きもできなかった。そこで、どのような罪にも処するべきではあるが、尼であるから、手・足・首を切ることもないとのお沙汰で、地頭も慈悲ある人だったので、ただ領地からの追放処分にした。このことは、かの老僧も尼も、私自身よくよく見たので、人づての話ではない。現場にいなかったというだけで、ことの子細は詳しく聞いたのである。

〔巻四の十「上人の、妻に殺されたる事」〕

常陸国は無住が若年期を過ごした縁深い土地である。無住とも実際面識があったようだが、性悪な若い妻をもったばかりに、危うく殺されるところであった。実は本話の直前には、次のような話がある。

大和国の松尾《まつのお》という山寺に、中蓮房《ちゅうれんぼう》という僧がいた。中風《ちゅうぶ》を患ってから、竜田《たつた》の大通りのあたりに小さい庵を結んで住んでいた。その大通りを山寺の僧が通るたびに、「お坊さまは妻を持っていますか?」と聞いて、「持っていません」と答えると、「一刻も早く妻をお持ちなさい。私は若い時から独り身で、弟子や門徒は多くおりましたが、このように中風を患い、体が不自由になってからは、私のことなど彼らは思い出しもしません。そうこうするうちに、生活できなくなって、ひたすら乞食非人《こつじき》となり果てて、さすがに命を捨てるわけにもいかず、道の傍らで命をつないでいるのです。もし妻子がいたら、これ程つらいことにはならなかったと思います。少しでも若いうちに、妻をお持ちなさい。長年連れ添えば、夫婦の愛情も深くなるでしょう。このような病に、自分がなるはずはないと思ってはなりません」と勧めた。思いがけない勧めではあるが、自分の経験から申したのであるから、道理もあるのだろうか。

〔巻四の九「上人、妻せよと人に勧めたる事」〕

中風《ちゅうぶ》(脳の病気の後遺症による半身不随の状態)を患った僧が、他の僧に妻帯を勧めている。実際独身の僧が病気になった時の介護問題は、深刻であったのだろう。若い時から弟子や門徒を多く持った身でさえ、病気療養中や老後は放置される可能性がある。妻を持たない無住にとっても、「経験談だから、そういう考えもあるかなぁ」と考えさせられるものがあったに違いない。ただこの次に続く前掲話では、妻を持ったが故に、介護や臨終正念どころか、生きているうちに殺されかけた。知人の話だけに、無住にとっても衝撃的だったのであろう、次のような感想を加えている。

このことを考えると、あの中風者の勧めにもむやみに従うべきではない。妻を持つと、どのような悪縁にも、道理にあわない不慮の災難にも、遭遇することがあり得るのだ。よくよく事情をくみとって考えるべきではないだろうか。

〔巻四の十「上人の、妻に殺されたる事」〕

結局、病気や老後を考えて無理に妻帯することはない。今のままの方が安全、それが無住の結論であったようである。

3 僧に子どもは必要か

妻を持つことと子を持つこと、時としてこれは一具のように考えられるが、僧にとっては異なる意味を持つ。僧が子を成した先例について、無住は遠い天竺から説き起こし、昨今と比較している。

天竺の鳩摩羅炎《くまらえん》は、京の嵯峨清涼寺《せいりょうじ》にある釈迦像のもとである優塡王《うでんおう》の釈迦像を中国に渡らせた。亀茲国《きじこく》の王は、鳩摩羅炎の子を作って志を継がせようと、自分の娘を無理矢理娶《めと》らせ、鳩摩羅《くまら》什《じゅう》が生まれた。鳩摩羅什は中国に渡って、やはり王の后に誘惑されて、生《しょう》・肇《じょう》・融《ゆう》・叡《えい》という四人の子どもを儲け、共に『法華経』の翻訳をおこなった。上代の上人は、このように智恵も深く行徳も高かったので、その子も智恵が深く徳行もあり、利益もあった。しかし近頃の上人は、父の上人も愚かなので、その子がどうして優れていることがあろうか。だから他から望まれて結婚させられることもなく、利益もない。つまらない種ばかり継ぐことよ。〔巻四の三「聖の子持てる事」〕

日本で流布した『法華経』は、鳩摩羅什訳の八巻本であるが、それが日本に伝来した大もとは、鳩摩羅炎、鳩摩羅什が心ならずも妻を娶り、子を成して継承していったがゆえである。だから一概に僧にとって子を持つことを否定すべきでない。ただ昨今のひどさといったら、という無住の嘆息はまだまだ続いていく。平将門《たいらのまさかど》、畠山重忠《はたけやましげただ》といった王位や将軍位をおびやかした勇猛な武士を例に、昔は出家、在家と立場は異なっていても心勇ましく、高慢な者が多かった。このような人の骨肉親類が僧になって、彼らもまた智恵深く、修行も激しく、志も大きかった。しかし最近は全体の器量が劣ってきたばかりではなく、在家の子息の中で優れた者に家督を継がせようとし、選りすぐった後の残りくずのような捨て者の中から、僧にするからたまらない、経典の中ではこのような者を「禿居士《とくこじ》」とか「袈裟を着た猟師」というのだ、と述べている。

末世である当時、いかに怪しげな僧が多かったことか。ただし中には、本書でも何度か登場する説法の名手澄憲《ちょうけん》・聖覚《せいかく》親子のように、末世を生きた得がたき有能な父子もいた。ただこの澄憲自身も、尼から生まれたことを「アマクダリ」とはやし立てられた逸話が『源平盛衰記《げんぺいじょうすいき》』巻三にある。澄憲は機転を利かせて見事その場を切り抜け、僧が子を持つこと、尼の破戒から子が生まれることまでもが、大らかな笑いの中で認知されている状況が伝わってくる話である。時と場合による、と語った無住は、決して曖昧な態度を示していたのではなく、そう言わざるをえない現状が彼を取り巻いていたのである。ただ妻子を持たない無住であったが、次のような話には、僧が妻子を持つ是非を超えて、ほろっとくるものがあったらしい。

関東のある山寺の別当《べっとう》は、学者で、弟子や門徒が多かったけれども、年をとって中風《ちゅうぶ》を患った。寝込んで、体は思うように動かないが、命だけは長らえて年月を送っていた。そのうち、看病していた弟子たちが疲れてしまって、最後には放置していたところ、どこからともなく若い女性が一人あらわれて、「看病してさしあげたいのですが」と言った。弟子たちが許すと、実に心をこめて看病した。「どういう人なのか」と聞いても、「行くあてのない者です。素性《すじょう》をお話しするような者ではありません」と言って、決して名乗らなかった。

あまりに手厚く看病し、月日も経ったので、病気の別当が、「仏法、世法の恩を長年受けている弟子でも私を見捨てていましたのに、これ程手厚く看病して下さるのは、然るべき前世からの因縁があるに違いないとありがたく思っています。なぜ素性をお隠しになるのか、あなたはどなたなのですか」と無理に聞いた。すると女性は、「今となってはもう申し上げましょう。私はかつて、あなたが思いがけず縁をもたれた、誰それという女性の娘です。あなたにはお知らせしませんでしたが、母が、『あなたはこのような縁で授かったのよ』と教えてくれたので、私は心の中だけで、あなたの娘だと思っておりました。でもどうにかして、あなたにお目にかかりたいとずっと思っておりましたところ、ご病気になられて、看病の人も疲れて、お世話が十分ではないとうかがいました。それで、親孝行として、心穏やかに生をまっとうしていただこうと思い立ったのです」と泣く泣く語った。別当も、心から、娘の気持ちが愛しく思えて、涙が止まらなかった。「しかるべき親子の契りこそ、しみじみ感じられることよ」と言って、互いに親しみを感じ、ついに最期まで看病して、別当は穏やかに息を引き取ったのだった。

この最上の親孝行の心こそ、めったにないものと思われる。世間では、人の子は、男子よりも女子の方が、親孝行の心も看護の務めも、心がこもっているなどというのも、道理なのではなかろうか。

〔巻四の八「上人を女《むすめ》看病したる事」〕

最後の無住の言葉について、「女を介護要員としてしか見ていない男尊女卑」と批判されたこともあったが、それは前後の文脈からこの言葉だけを切り出したがゆえの見当違いである。現在でも、看病介護にあたって、女の子の方がよく気が利くといった類いの話を耳にすることがあるが、そう発言する人が必ずしも女性蔑視をしているわけではない。無住も当時、世間一般でいわれていたことを、この話を機に思い出しているにすぎず、無住の女性観は後述するとおり、当時としてはむしろ先進的であったと考えられるのである。

第二節　女性の執念と救済

憎にとって、断とうとしても容易に断ちがたいのが女性への愛欲であったが、一方でその対象となる女性自身の愛欲はどのようにとらえられていたのだろうか。古典の中において、愛欲にとらわれすぎた女性は蛇や鬼に変身する運命にある。まずは蛇身になる二つの話である。

1　女人蛇体――邪念の果てに

鎌倉にいるある人の娘が、鶴岡八幡宮の若宮の稚児《ちご》に恋をして、病気になってしまった。母親に胸の内を伝えたところ、その稚児の両親と知り合いだったので、時々稚児を娘のもとに通わせることにした。稚児はあまり気乗りしなかったのか、段々足が遠のいてしまい、娘は思い焦がれて死んでしまった。両親は悲しんで、娘の骨を善光寺へ送ろうと思い、箱に入れて置いておいた。

その後、この稚児も病気になって、危篤になり正気でいられなくなったので、一室に閉じ込めておいた。すると、誰もいないはずなのに、誰かとの話し声がする。母がおかしいと思って隙間からのぞいてみると、なんと大きな蛇と向き合って話をしていた。その後、とうとう稚児も亡くなったので、棺の中に入れ、若宮の西の山に葬ろうとしたところ、その棺の中に大きな蛇がいて、稚児にまとわりついていた。そこでそのまま一緒に葬ったのだった。

その後、娘の両親が、娘の骨を善光寺へ送ろうとする際に、分骨して、「鎌倉のある寺に置こう」と思い見てみると、娘の骨はすっかり小蛇になったものもあり、半分まで蛇になりかかっているものもあった。

このことは、娘の両親が、ある僧に、「供養してください」と言って、ありのままに事情を話したとして、修行仲間の僧が確かに私に語ってくれたことだ。ほんのここ二十年以内のことであり、名前も聞いたけれども、遠慮があるのでそれは書かない。


〔巻九の二「愛執によりて蛇に成りたる事」〕

下総国《しもうさのくに》にいるある女性が、十二、三歳くらいの継娘を、大きな沼のほとりに連れて行き、この沼の主に、「この娘をさし上げます。あなたを婿にしてさし上げましょう」と何度も言っていた。

ある時、その周辺一帯に風が吹き荒れ、沼が激しく波立った時、またいつものように沼の主に言った。継娘はいつも以上に怖くて、全身の毛が立つように感じた。沼の波は高く、風は激しく、あたりも暗く感じたので、急いで家に逃げてきたが、何かが追ってくる気配がして、ますます恐ろしくて言葉も出ない。すぐに家にいた父にとりすがって、事情を話していると、まもなく母も家に逃げ帰ってきた。その後、大きな蛇がやって来て、鎌首《かまくび》をもたげ、舌を動かし、じっとこの継娘を見つめる。父は身分は低いが思慮があったので、「この娘は私の娘だ。母親は継母だ。私の許しなく、継母の言うとおりに娘を奪うことは許さん。妻は夫に従うものだから、この母親を自由にするがいい」と言った。すると蛇は娘を放っておいて、母の方に這い寄っていく。そのすきに、父は娘を連れて逃げた。蛇は継母にまとわりつき、継母はなかば狂乱して、その体は既に蛇になりかかっていたと聞いた。

文永年中の夏のころ、このことが話題になり、「来たる八月十三日に、大雨と大風で天候が大荒れになる時、再びこの大蛇が姿をあらわすだろう」と噂になった。本当にその日は大荒れの天気で、雨風がとても激しかったが、実際に大蛇があらわれたという話は聞かなかった。

他人をおとしいれようとすれば、そのまま自分の身にはねかえってくるのである。因果応報の道理は、絶対に外れることはない。

〔巻九の三「継女を蛇に合はせんとしたる事」〕

鎌倉の娘は恋情ゆえに蛇身となり、死後、稚児にとりついた。稚児の遺体にまとわりついた大蛇は、死後も二人が往生できず、蛇道で苦しむ姿を予感させる。継娘を沼の主（蛇神）の妻としてくれてやろうとした継母は、その情念ゆえに自らが蛇体となった。これもやはり夫の愛を独占したいという、愛欲のなれの果てなのである。前者は鎌倉の話、後者は下総国での話であるが、原文では両話とも直接過去が用いられ、無住が実際に聞いた話であるということが強調されている。東国に縁が深い無住の行動圏からして、あり得ることである。

女人蛇体《にょにんじゃたい》は古典を貫く大きなテーマである。最も著名なのはいわゆる道成寺《どうじょうじ》説話、後の安珍《あんちん》と清姫《きよひめ》の物語であろう。熊野詣でをする見目麗しい若き僧にほれこんだ女が思いを遂げようとせまり、困った僧は、「まずは熊野に行かせてくれ。帰りに必ず寄るから」と言ってその場を逃れる。いくら待っても彼は来ない。裏切られたと知った女は蛇体となり、僧を猛然と追いかける。僧は道成寺に逃げ込み、鐘の中にかくまってもらう。追ってきた大蛇は蛇身を鐘にからませ鐘ごと恋情の炎で焼き尽くす。死後蛇道に堕ちた二人は、夢を介して道成寺の僧に救いを求め、『法華経』の力で往生した、というのが道成寺説話である。初出は比叡山の僧鎮源《ちんげん》が平安時代中期に記した『大日本国法華験記《だいにほんこくほっけげんき》』であり、その後『今昔物語集』に採録され、室町時代には華麗な『道成寺縁起絵巻』が作られた。いわゆる「道成寺物」として、能や歌舞伎、浄瑠璃など多くの芸能の題材となった。『道成寺縁起絵巻』においても、女は一度に蛇体になるのではなく、徐々に蛇体化していき、絵巻ではそれが非常に鮮やかに段階的に視覚化されている。『沙石集』の両話も、「骨はすっかり小蛇になったものもあり、半分まで蛇になりかかっているものもあった」、「その体は既に蛇になりかかっていたと聞いた」と書かれているのは注目すべきである。愛欲の果てに蛇体となるのは一瞬ではなく、徐々に進む蛇体化、それこそが愛欲による女人蛇体をより強烈に意識させる描き方であったのである。

いま一つ、両話から読み取るべきことがある。それは当時の「家」の問題である。前話において稚児は、両親同士の話し合いで好きでもない娘と恋仲になるように仕向けられた。より深刻なのは後話である。なぜ継母は自らが蛇体とならねばならなかったのか、それは彼女自身の情念の因果応報であることは確かだが、「妻は夫に従うものだから」という家父長制の犠牲になったゆえでもある。娘の処遇を決めるのは父であるから継母の言葉は無効化され、妻である継母の処遇もまた夫が決める。そしてそれは蛇神にまで理解され通用する動かしがたい規範となる。古典の中で語り継がれる女性の蛇体化は、家父長制の中で鬱屈《うっくつ》し苦しみ続ける女性の情念の、隠喩であると思われてならない。

蛇と並ぶ変身譚として多いのが鬼である。『沙石集』に先行する『発心集』や『閑居友《かんきょのとも》』では捨てられた女が鬼となり正妻や後妻を呪い殺す話がある。能の『鉄輪《かなわ》』では丑《うし》の刻参りをする女が登場し、鉄輪をかぶり「後妻《うわなり》打ち」という所作を行う。だが鬼女の話は『沙石集』にはない。無住は蛇体化する女により興味があり、そのような話の収録に熱心であった印象を受ける。ただ鬼ではないが、悪霊となって祟る次の話は、『沙石集』の中でも一、二を争う凄惨な話といえる。

京で、ある公卿《くぎょう》が愛している女性を、その正妻が、「殿がお呼びです」と牛車をやって迎えに行かせ呼び寄せ、一室に閉じ込めた。そして、熨斗《のし》（アイロンのようなもの）に火を入れて、女性の妊娠している腹に押し当てたので、腹はやけどで膨れあがり、裂けた。正妻は女性を息も絶え絶えになった状態で、その母親のもとに送り返し、女性は牛車から抱き下ろされたところでそのまま息絶えた。

母親はその様子を見て、正気を失ったまますぐに走り出て、あらゆる神社にお参りしてわめき叫び、鐘を叩いて踊り、「私のかたきを私に下さい」と言った。あまりの思いの強さに、母親はそのまま死んでしまった。その後しばらくして、かの正妻に母親の霊がとり憑き、正妻は全身が膨れあがり、苦しんで死んだ。その後もずっと、代々その母親の霊は消えることなくとり憑いているということだ。正確に誰のこととも聞かなかったが、最近の人のことであろうか。

〔巻九の六「嫉妬の人の霊の事」〕

正妻が夫の愛人を殺害する、というショッキングな一話である。妊娠している腹に火熨斗《ひのし》を押しつけ胎児共々痛めつけ、助からない状態で母親に送りつけるという残酷さであった。母は娘の姿を見て狂乱し、神に復讐を誓い悪霊と化す。正妻は自分が愛人に与えた苦しみを彷彿《ほうふつ》とさせる、体が膨れあがる病で苦しんで死んだが、それだけでは終わらなかった。母親の霊はその後も子々孫々祟り続けているのである。これは娘の腹の中の赤子までも殺害し、子孫を絶やしたことへの因果応報といえるだろう。正妻は当然の報いを受けたというわけだが、その報いを与えた母親自身も救われてはいない。蛇や鬼、霊と化して思いを遂げる、あるいは復讐を果たす女たちに共通するのは、自分たちの身も心も犠牲にしなければならないということである。最終的に仏法や経典の力で救済されることはあっても、その苦しみは凄絶《せいぜつ》である。彼女たちの逸話がいつもどこか哀感漂うのは、家父長制下における自己犠牲という当時の女性の苦しみが、その背後に暗澹《あんたん》と広がっているからなのであろう。

ここまでは愛欲のくすぶりを抑えることのできない女性について述べてきた。では一方で、情念にとらわれないとどのような幸福を得るのか、教訓としてそうした話を集めることも、無住は忘れていなかったようである。

2　嫉妬をしない女の幸せ

ある殿上人が地方に下り、そこで遊女を得て一緒に上京することになった。そこで正妻に事前に使者を遣わして、「ある女性と一緒に上京します。あなたは気づまりに思われるでしょうから、よそへお移り下さい」と無情にも言った。ところが正妻は少しも恨む気配もなく、「殿が、ある女性を連れてお帰りになります。用意をなさい」と、こまごまと指図して、見苦しい物は片付け、雰囲気が良いようにして、自分はひとりでよそに移っていった。

遊女はこのことを見聞きして、非常に驚き恐縮し、「奥様のお振る舞い、お心のすばらしさ、うかがいました。事情がわかった以上、どうしてこのまま私が住むことができましょう。神仏にも見放されてしまいます。どうぞ奥様を呼び戻されて、今まで通りにしてください。私は他の所に住んで、時々お呼び下さればよろしいでしょう。一日たりともこのままではいられません」と、何枚も起請文までしたためたので、殿も納得し、正妻の思いやりも深く感じられて、正妻を呼び戻しにいかせた。正妻からは何の返事もなかったが、何度もあれこれと説得した結果、戻ってきた。遊女も思いやり深い人柄だったので、正妻とお互いに風流な付き合いをして、仲良く過ごした。滅多にない心がけであるよ。

〔巻九の一「嫉妬の心無き人の事」〕

当時は夫からの一方的な離縁が常であった。離縁を突きつけられた時の妻の対応は、妻のその後を左右する大きな試練であった。遠江国《とおとうみのくに》でのこと、妻が離縁を迫られ、すでに馬に乗り出て行こうとしたところ、当時、妻は離縁される時、自分の好きな物を家中から持ち出せる、という習慣があり、夫が、「何でも持っておいき」と言うと、「あなたのような大事な方を捨てていく私に、他に欲しいものなどありましょうか」とにっこり笑って言ったので、夫はその様子に心底心をうたれ、結局死ぬまで連れ添ったという話もある。また、まさに離縁されそうになるその時に、絶妙の和歌を詠み、心うたれた夫が妻を引き止める、という話も多い。優れた和歌を詠むことで自らに良い結果がもたらされる話を歌徳《かとく》説話と呼ぶが、男女の心を結びつける機縁として、和歌は大きな効果を発揮するのである。

降《ふ》らば降れ降らずば降らず降らずとて湿《ぬ》れで行くべき袖ならばこそ

（雨が降るなら降ればよい、降らないならそれもよい。雨が降らなくても、あなたと別れる私の袖には悲しみの涙の雨が降っているのだから）

〔同前〕

これは雨の中、「せめて雨がやんでから行きなさい」と言う夫に、出て行こうとする妻が返事として詠んだ歌である。この歌により、夫は妻を無性に愛しく感じて、すぐに引き止めたのであった。

無住によると、人に愛されたり疎んじられたり、その度に人は相手を恨んだりするが、すべては自分の心の持ちようなのらしい。たとえ現在これといって過ちを犯していないのに人から恨まれるのは、自分が前世に犯した過ちのため、自然に人に愛されるのも、自分が前世に愛情深く、その原因を作ったから、だから相手をむやみに怒ったり恨んだりしてはいけない、と説くのである。

ただ頭では理解していても、思い通りにいかない感情を相手にぶつけてしまうのは今も昔も変わらないようである。

世の常として、捨てられた女の多くは嫉妬の心を激しくして、怒って腹を立て、邪推をして、他人の自由を奪い殺害して、怒りの余り顔を赤くして目をつりあげ、激しくののしる。このようなことでは、男はますますその女をうとましく思い、鬼神のようだと思いこそすれ、愛しいとは思わないだろう。嫉妬のあまり霊となる女もいれば、蛇となる女もいる。まったくもってくだらないことよ。それゆえ、私が記すような昔の人の思慮深い行いを学べば、現世では人から愛される功徳を積み、来世では邪道に堕ちる苦しみから逃れられるであろう。

〔同前〕

古典の世界においては、先に紹介したように、嫉妬に狂った女は鬼や悪霊、蛇になると語り伝えられてきた。現在においてこのようなことを信じる人はまずいないと思うが、ヒステリックに怒る人の顔つきを「鬼のような形相《ぎょうそう》」といったり、執念深い女性を「蛇のような女」、「祟《たた》られそう」などと表現することもある。これらの表現には、古典世界における愛執深い女性のイメージが、確かに息づいているのである。

第三節　女人往生

1　男を導く――善知識として

京に、貧しい生活をしている者がいた。妻が夫に、「このように貧しくてつらい生活は堪え忍ぶこともできそうにありません。人がしないということでもないので、強盗や追いはぎでもして、私を養って下さい」と言ったので、夫は、「人が貧しいのはよくあることだ。そのようなことができるか」と答えた。すると妻は恨んですねて泣いて、「それならお暇《いとま》を下さい。他の誰でも頼って生きていきますから」と言った。

さすがに愛情も薄くはなかったので、内野《うちの》の方へ行って様子をうかがっていると、夕方、女房が女の子を一人連れて通りかかった。ちょうど人目もなかったので、走りかかって打ち殺し、二人の着物を剝《は》いで帰った。血の付いている小袖などを、「これこそ、このようなことをして手に入れたのだ」と言って妻に渡したところ、「あのように言ってしまったが、かわいそうなことをして」とでも言うべきなのに、妻は満面の笑みを浮かべてこの上なく嬉しそうな様子だった。夫は、その様子があまりにも疎《うと》ましく思われたので、日ごろの情けや愛情も忘れて、そのまま家を出て髻《もとどり》を押し切り、ある僧房で出家して高野山に上った。そして一筋に、後世菩提《ごせぼだい》の勤めを怠らなかった。理由もなく人殺しをしたことも罪深く思えて、一方では殺した二人の後世を弔った。

ある時、同じような入道と知り合い、話をしていると、「発心なさった因縁を知りたいものです。みなも話すでしょう、あなたもおっしゃってください。私は京に住んでおりましたが、悲しいことがあって、住み慣れた都からさまよい出て、この山へ上ったのです」と言う。「私も都の者でありますが、思いがけない縁にあったのです」と答えると、「然るべき因縁によりここに参り、お会いしたのでしょう。詳しくおっしゃってください」と強いて言うので、「妻にそそのかされて、思いがけないことをしてしまったのです」とありのままに語った。すると、「いつのことですか。その女性の小袖の色は、年齢は」と細かく聞くので正直に答えていると、この入道は手をはたと打って、「それでは、あなたは私の善知識でいらっしゃる。その女は私が愛していた人です。その者に先立たれて、私は出家したのです。このような縁がなければ、どうして仏道修行の難しい道に入ろうなどと思ったでしょうか。あなたは私の然るべき善知識です。あなた以外の修行仲間はいるはずがありません。一緒に故人の菩提を助け、この度の出離の道を真剣に考えましょう」と言って、同じように仏道修行して、一人は既に臨終正念で亡くなった。看病なども丁寧にしていたと、ある人が聞

いて私に語った。いま一人は、今も健在であるという。〔巻十本の七「悪を縁として発心したる事」〕

善知識、それは人を真の仏道へ導き入れる人のことである。ここでは妻を殺された男と殺した男が出家後に高野山で巡り会い、互いの境遇を知ったうえで共に仏道修行をし、一人はすでに往生を遂げ、いま一人も往生が予測される。妻を殺された男は殺した男に、「あなたは私の善知識です」と言ってはいるものの、互いを仏道の道に導き入れた直接の存在は、殺害された恋人であり、殺害を指示した妻でもある。つまり女性の存在が、男性二人を出家へと導く善知識として機能したのである。本話は、「荒五《あらご》郎発心譚《ろうほっしんたん》」と呼ばれる著名な話型で広範に流布し、室町物語の『三人法師』や『高野物語』にも類話が見られる。特に『三人法師』は、玄松（糟屋四郎左衛門）・玄竹（荒五郎）・玄梅（篠崎六郎左衛門）の三人が高野山で発心の機縁を語り、玄松の妻を殺したのが玄竹であると判明、しかし三人共に名前の類似（玄の下に松竹梅）もあり深い縁を感じ、ますます信心を深くする。『沙石集』の本話と大筋で重なるものの、荒五郎には子どもがいて、妻というよりは子ども可愛さゆえに妻の言葉に従った、というくだりがあるので、子どもの存在に触れない『沙石集』の方が、愛欲の狭間に揺れる男と女の一対一の関係性をよりストレートに表現し、女性が男性の善知識となる、という要素を端的に示しているといえる。女性ゆえに世俗を捨て仏門に入る、善知識としての女性を無住が強く意識していたことは、次話からもうかがうことができる。

中ごろ、朝夕朝廷にお仕えしている男がいた。ある優美な女と恋仲になり、何年か一緒に住んでいたが、心移りしたのだろうか、仕事を言い訳にして、段々間遠になってしまった。それを女は、「思いがけないこと」などと思っているうちに、ついに全く通ってこなくなったので、女は何かにつけて心細く悲しく思い、時が過ぎていった。

ある時、この男がことのついでがあって女の家の前を通り過ぎた。それを見つけた女の家の者が、「たった今、あの殿が前を通り過ぎられました。さすがに、かつて通っていた所と思い出されたのでしょう、物見の窓からご覧になっておられました」と語ると、女は、「お聞きしたいことがあるのでお寄り下さいませ、と申し上げて」と言った。家の者は、「既に通り過ぎてしまわれたのにですか。お戻り下さるとよろしいが」と言いながら、追いついて、このことを申し上げた。

男は不思議に、「何事か」と思いながらも、断って通り過ぎるわけにもいかないので、引き返して門から入って見ると、庭には草が深く生い茂り、自分が通っていた頃とはうって変わって、荒れ果てている様子だった。それを見ると、理由もなくしみじみと思うところがあって、自分の罪が身にしみて、何となくよそよそしく感じていると、女は今となってはもう気にかけている様子もなかった。もとからこうしていたような様子で、脇息《きょうそく》にもたれかかり、法華経を読んでいた。明らかに何かを思い悩んでいる様子で、その心の憂いが原因で痩せてしまった様子、たいそう清らかに座っている容貌、髪がこぼれかかっている様子など、以前の恋人とも思えず、他になくすばらしく思って、自分は何に狂わされてこの人を悩ませてしまったのだろうと、女のこれまでのせつない境遇を思うにつけても、たいそう愛しく思うのだった。男がこれまでの無沙汰のいきさつなどを丁寧に告げると、女は何か言葉を発しようと思っている様子ながら、答えもしない。経を読み終わってからと思っているのだろうと、もやもやした気持ちでじれったく思いながら待っていると、経の「於此命終《おしみょうじゅう》、即往安楽世界《そくおうあんらくせかい》、阿弥陀仏《あみだぶつ》」という所を繰り返し何度も読んで、そのまま眠るように座ったまま息絶えてしまった。

この男の心はいかばかりであったろう。男は「なにがしの弁」とか聞いたが、名前は忘れてしまった。人に恋慕すると、ある者は望夫石《ぼうふせき》として名前を残し、一方ではつらさのあまり、悪霊になった例も聞く。本当に罪深いことでありますのに、それを往生の縁として、思い通りに命を終えたのは、大変すばらしい心であった。

ああこれを先例として、男女の仲に思い悩む人が、往生を願うのでありましたら、どんなにすばらしい心であろう。さて男は、そのまま自分の家へも帰らず、元結《もとゆい》を切って出家し、仏道修行して、最期には往生を遂げたのだった。

〔『雑談集』巻四「恋故往生事、法華往生事」〕

別れた女と久しぶりに再会した男が、女のすばらしさに心うたれ復縁したいと望む話である。女は最初から何も話さずひたすら『法華経』を読んでおり、そのまま眠るように息絶え、それを見た男はそのまま出家して往生を遂げた。本話も相当流布したようで、『今昔物語集』、『今鏡』、『発心集』に類話が見られる。ただここで気になるのは、結末の違いである。『今昔物語集』では、女は最後に「今はこれを恨みに思って」と言い残して死に、男はまもなく病気になり死んだ。女の霊がとり憑いたのではないか、ともいわれたとある。『今鏡』では、男は「出家しよう」とも思ったけれど、しばらく山里に隠れ住んだ後、再び朝廷に出仕した。そのため「かへる弁」というあだ名まで付いた。『発心集』は、『雑談集』にもある、「この男の心はいかばかりであったろう。男は「なにがしの弁」とか聞いたが、名前は忘れてしまった」の一文で話を締めている。つまり、同様の話を載せつつも、女が男の善知識となり、往生へ導いたことを強調するのは、『雑談集』に載る本話のみということになる。無住の評語は、男女の仲の憂いが往生の機縁となることを讃嘆するものであるから、本話が採録された興味関心もそこにあったことは疑いない。善知識として機能する女性は、無住にとって大きな魅力であったのであろう。

2　女身往生と女性への授戒

昔、賀茂《かも》の斎院《さいいん》（選子内親王《せんしないしんのう》）は誠の仏道修行者でいらっしゃった。斎院の慣習として、昔から念仏を唱えることがなかったが、これは本地である仏のお心を知らずに、ただ、愚かな我々の心が思いついたことであろう。斎院は常に西に向かって、仏の姿をお心に念じながらも、口で念仏を唱えることはなかった。そして一首、

思へども忌《いむ》とていはぬ事なればそなたにむきてねをのみぞなく

（心で思っていても、念仏を口で唱えることは忌むことなので、ただ西に向かって、声をあげて泣い

てばかりいる）

そうしてめでたく往生なさったと申し伝えている。

（『雑談集』巻五「呪願事《じゅがんじ》」）

選子内親王（九六四〜一〇三五、以下「選子」）は村上天皇の皇女で、天延三年（九七五）から長元四年（一〇三一）まで、賀茂の斎院を務めた。賀茂の斎院は嵯峨天皇の御代に、伊勢の斎宮《さいくう》にならって創始された制度である。未婚の内親王や女王の中から選ばれた女性が、宮中の初斎院《しょさいいん》で二年間潔斎した後、賀茂の斎院（紫野斎院《むらさきのさいいん》）に赴いた。その職務は賀茂大神（上賀茂神社・下鴨神社）に仕え、天皇と国家の長久安泰を祈ることであったが、中でも四月第二酉《とり》の日に両社に赴いて行う祭祀は重要であり、その壮麗な斎王行列は、現代の葵祭《あおいまつり》の斎王代《さいおうだい》の行列によすがを残している。伊勢の斎宮が天皇一代につき一人であったのに対し、賀茂の斎院は天皇がかわっても交代する義務がなかった。そこで天皇何代にもわたって一人の斎院が務めを果たす場合があったが、中でも五十六年という最長期間を誇ったのがこの選子であり、それゆえ「大斎院《おおさいいん》」と呼ばれたのである。

神に仕える斎王《さいおう》（伊勢の斎宮と賀茂の斎院）は、仏教を忌避する姿勢を示さねばならず、そのため独特な忌詞《いみことば》が用いられた。『延喜式』には、「斎宮忌詞」と「斎院忌詞」がそれぞれ制定されているが、「斎宮忌詞」が「内七言」「外七言」「又別忌詞」の十六語から成るのに対して、「斎院忌詞」は「外七言」の七語のみである。「内七言」が仏教に関わる、「仏」を「中子《なかご》」、「僧」を「髪長《かみなが》」、「経」を「染紙《そめがみ》」等の言葉である一方、「外七言」は「死」を「奈保留《なほる》」、「血」を「阿世《あせ》」などと称する穢れに関する言葉であり、「内七言」が制定されていない賀茂の斎院は、伊勢の斎宮よりも仏教忌避が徹底されておらず、賀茂は伊勢に比べ宮中に近く、そのため隔離された神聖性を保ちづらかったという見方もある。斎院は斎宮よりも高位の女性が任命される傾向があり、斎宮が後醍醐天皇の代まで存続したのに対し、斎院が鎌倉時代、承久の乱後に廃絶したのも、より世俗化の影響を受けやすかったからともいえるだろう。しかし天皇の代理として神道祭祀を行う身であることにかわりはなく、仏教に親しむことを公にすることは憚《はばか》られたはずである。そのような中で、選子には仏教に深く帰依していたという和歌や逸話が多く残されており、法文歌《ほうもんか》（仏典の意味を読み込んだ和歌）からなる『発心和歌集《ほっしんわかしゅう》』までも編纂したといわれている。しかしこの『発心和歌集』作者説については、近年、赤染衛門《あかぞめえもん》の作か、との疑義が呈されており、今後の研究が俟たれるところであるが、選子が並々ならぬ仏教信仰を持ち続けたことについては疑問の余地がない。長らく斎院であり続けた選子のもとには多くの人が集い、宮中につぐサロン的な場となっており、彼女の篤実な仏教信仰は広く知られるところであった。

本話の「思へども……」の一首は、『詞花《しか》和歌集』（巻十・雑下・四一〇）に載る一首で、詞書は、「賀茂斎院であったころ、西に向かって詠んだ」とある。禁忌ゆえに口で念仏を唱えることはなくても、常に心の中で仏を想う、その純粋で篤実な仏道心が、めでたく往生につながったということである。『大鏡』や『古本説話集《こほんせつわしゅう》』には、選子が斎院時代にも、朝夕念仏を欠かさなかったこと、賀茂祭の日に、選子が見物人に向かって、「一緒に往生しましょう」と呼びかけたことが載っているが、それは彼女の仏道心を賛美するというよりは、斎院の立場としては思いがけない驚くべきこととして、揶揄や非難を含めて記されているようである。そのような理解に比して、本話において、選子の往生は確実視されており、斎院における仏教忌避さえも、本地垂迹の道理も知らぬ凡夫《ぼんぷ》の思いつきであると一蹴《いっしゅう》されている。選子の往生を素直に受けとめた本話では、男女の性差は問題とされておらず、選子が女性として往生を遂げたことに水を差すようなことはされていないのである。

他にも女身往生《にょしんおうじょう》（女性が女性の身のままで往生すること）について、『沙石集』の内閣文庫本にのみ残る一話がある。南都で不動明王を信仰する僧がいたが、行法中に、本尊の不動明王が消えたり戻ったりする。不審に思って祈念すると、「京の東山に、唯蓮《ゆいれん》という尼が往生を遂げたいという志が深く、魔の障害を恐れて私をたのみにしているので、時々行って守るのだ」とのお告げがあった。確認しに出向くと、雲居寺《うんごじ》で尼を見つけた。尼は、「ただひたすら念仏を唱え、臨終の時、魔の障害がないように、毎日不動の慈救呪《じくじゅ》を二十一遍、不足なく唱えている」と子細を話した。僧も不動明王が消えたり戻ったりする様子を語り、互いに涙を流して喜び合い、めでたく往生した、という。先行する『発心集』にも類話があるが、篤い信仰心の前では、男女の性差なく不動明王が平等に加護を与え、往生も等しく遂げており、本話にもまた女性ゆえの非往生など微塵も感じることはできないのである。

以上のように、女性という存在を、男性を仏道、ひいては往生に導く善知識として認め、女性自身の往生も尊ぶ無住であるが、現実の仏教布教においては、女性にどのように対応していたのだろうか。その一端をうかがい知ることのできる史料が、先年、愛知県豊田市の猿投《さなげ》神社から発見された。無住による三昧耶戒《さまやかい》の次第書（以後『三昧耶戒作法《さまやかいさほう》』）である。三昧耶戒とは、真言密教で説く戒律であり、心と仏と衆生《しゅじょう》とは平等一如《びょうどういちにょ》であることを信じたもつことで、別名、菩提心戒《ぼだいしんかい》とも呼ばれる。通常は伝法灌頂の前に授けられるのがこの三昧耶戒といわれている。『三昧耶戒作法』は延慶二年（一三〇九）五月、長母寺の壇場《だんじょう》において灌頂《かんじょう》を行った際に撰述されたものである。無住は八十四歳という高齢であったが、七十九歳から『雑談集』を執筆し、八十三歳で『沙石集』や『聖財集』の一部に添削を加えていることからして、まだまだ精力的に諸事に関わっていたと思われる。そのような中で、無住から三昧耶戒を受けた相手は僧尼五人、中心となる正受者は「胤継《たねつぐ》」という人物であるが、五人の中に尼、つまり女性が含まれていたことが特筆されるのである。当時、尼への伝法灌頂はとても珍しいことであり、遁世僧集団、中でも西大寺律叡尊の周辺で行われていたことがわかっている。無住は若年時を過ごした常陸時代から、西大寺律の忍性、そして叡尊から多大な影響を受けていることは先に述べたが、無住による尼への灌頂も、この西大寺律との関わりの中で行われたと考えて良い。当時では珍しい尼への授戒を行った無住は、女性の仏教的救済と往生について、観念の中で終始することなく、実際の行動として体現してもいたのである。それは長母寺に五十年ほど止住し、近隣庶民への説法教化という必要性が増していく中で、仏教の救済の対象から女性を除くことなど、現実問題として不可能だったからである。人里離れた山奥ではなく、市井の中で人々に説法し、それを書き綴ってもいた無住の日常が、女性への対応の中にも見え隠れしているのである。

第五章——異類へのまなざし

第一節　心をもつ鳥獣

1　動物問答

『沙石集』には異類、つまり人ならざる存在である鳥獣、天狗、貧乏神などに関わる説話が多く収録されている。本来理性を持たないと思われる動物が人間同様に振る舞い、仏法を論じ合ったり、人に恩を返したり、はたまた執拗に怨み報復したりと、説話のテーマは様々である。人間社会の規範や教訓を動物に託して展開する話型は、『沙石集』に限らず、経典や世界の寓話等にも多く見ることができる。ここではまず、経典に原拠がある動物問答について見てみよう。

ある池の中に、親しくつきあっている蛇と亀と蛙がいた。世の中が日照りにおそわれ、池の水もなくなり、食べ物もなくなって餓死しそうになった。他に何もすることがなくて、蛇は亀を使者として蛙のもとへ行かせ、「ちょっと来て下さい。お目にかかりたい」と言わせた。蛙は、「飢えてせっぱつまると、仁義を忘れて食べ物のことばかり考える。情けをかけるのも親しくつきあうのも、それは世が何事もない時のこと。このような時には行きません」と返事をした。本当に、命がけの訪問である。

〔巻五本の九「学生なる蟻と蟎《たに》との問答の事」〕

海中に蛟《みずち》という動物がいる。蛇に似て、角がない動物だという。その妻が懐妊して、猿の生き肝《いぎも》をほしがったので、手に入れがたいものだったが、妻への愛情を示そうとして、山の方へ行き、海辺の山で猿がたくさんいるところへ訪ねていって、「海の中に木の実がたくさんある山がある。あぁ、一緒にいらっしゃればよいのに。私の背中に乗せて連れていくよ」と言う。そこで猿は、「それなら連れていって」と背中に乗った。海の中をはるばる進んでいくが、山の姿も見えない。猿が、「どうしたのか、山はどこか」と言うと、蛟は、「本当に海中に山があるわけないだろう。私の妻が猿の生き肝をほしがったので、そのために連れてきたのだ」と言う。猿は青くなって、どうしようもなく、「それなら、山で言って下されば簡単だったのに。私の生き肝は、さっきの山の木の上に置いてあったのに、急いできたから忘れてきてしまった」と言う。蛟は、「そんな、生き肝のために連れてきたのに」と思って、「それなら戻って、取ってきてください」と言うと、「もちろん。お安いご用だ」と猿が言うので、そのまま山へ引き返した。すると猿は木の上に登り、「海の中に山はない。身体《からだ》の外に肝《きも》はない」と言って、山奥へ姿を隠してしまった。虱はまぬけな様子で帰っていった。これは、動物までも相手をだます気持ちがあることを経典に示しているのである。こうなると、虫が問答をしたとしても、大昔ならばあり得ることだ。いかにもありそうである。〔同前〕

両話とも仏典に見られる話であるが、特に後者は、「猿の生き肝」・「くらげ骨なし」説話としてインドの『ジャータカ（ブッダの前生譚）』に端を発し、世界中に類話が確認できる。日本には漢訳仏典としてもたらされ、昔話として全国に展開している。ここでの虬の役割は、話によって鰐《わに》であったり亀であったりするが、猿が生き肝を狙われ、智恵をもって奪われるのを未然に防ぐという筋はどれも変わりない。『沙石集』と『今昔物語集』巻五第二十五話は共に仏典の話として特に内容が似通っているが、『今昔物語集』では虬が亀になっている。そして動物の愚かさを説き、人間も同じようなものだと付け加えている。だが『沙石集』の本話を通して無住が言いたかったことはそのようなことではない。ここにあげた二話の前には、無住が南都の学僧から、昆虫の蟻《あり》と螨《だに》が問答するということを聞いた話がある。そこでは、「南都の春日野のあたり、学僧の房の近いところに、蟻と螨がいた」と始まり、学僧のように擬人化された蟻と螨の問答を記した後、「この蟻と螨は前世で学僧だったのだろうか」と述べている。その蟻と螨の話から、経典にもそのような話があったと思い出し、この二話を記したのである。つまり無住は、これらの問答説話を通して、動物にも昆虫にも人間のように「心」があることを強調したかったのである。ちなみに、蟻と螨の問答は、春日野で行われている。既に述べたとおり、春日野の下には春日明神お手製の地獄があるので、もしかしたらこの蟻と蝸も、死後畜生道に堕ちたもと興福寺僧であったかもしれない。無住の、「前世で学僧だったのだろうか」という呟きは、輪廻転生《りんねてんしょう》を繰り返す生を背景としているのである。

2　輪廻する生

輪廻転生とは、我々人間が回転する車輪のように、三界《さんがい》の中で生まれては死に、生まれては死にを繰り返すことである。三界は仏教でいう全世界（無色界《むしきかい》・色界《しきかい》・欲界《よくかい》）のことであり、この中の欲界が六つに分かれて六道《ろくどう》（天界・人界・修羅界・畜生界・餓鬼界・地獄）を構成している。輪廻転生は本来ならば三界の中で生死を繰り返すが、狭義では六道の中を輪廻し、古典作品における輪廻も六道内であることが多い。我々は現在、人として存在するが、この現世においてなす悪事によっては、来世は動物や餓鬼に転生することもあり得る。動物に転生するのは畜生界に堕ちるということだが、人が動物に転生するパターンと、動物が人に転生するパターン、双方がある。

最近高野山に、南証房の検校《けんぎょう》覚海という、真言宗のすぐれた僧がいた。自分の前世を知りたいと思って弘法大師に祈念すると、お告げを頂いた。「七度生まれ変わった後のことを示そう」と言って、「はじめは四天王寺《してんのうじ》の西の海の蛤《はまぐり》であった。自然に波に打ち寄せられて浜にあったのを、幼い子どもが拾って、金堂《こんどう》の前で遊んでいるうちに、仏舎利讃嘆の声を聞いたために犬に生まれた。犬は同じ寺のあたりにいて、誦経《ずきょう》、念仏、陀羅尼などの声を聞いたために、次は牛に生まれて、『大般若経』の料紙を運んだために馬に生まれた。馬は熊野詣での人を乗せて参詣したので、次は熊野で神前で柴灯《さいとう》をともす非人に生まれた。常に火の光で人を照らしたので、智恵の因縁が生じて、高野山の奥の院の承仕法師《じょうじほうし》に生まれ、三密の行法を見聞し、身につけたおかげで今度は検校となったのである」とのことであった。

〔巻二の八「仏法の結縁空しからざる事」〕

もとは蛤であったが、仏法と縁を持ったことで徐々にレベルアップし、人間の、しかも高野山の事務統括である検校という立場にまで至っている。蛤→犬→馬までは畜生界、柴灯をともす非人からが人間界への転生である。すぐれた師僧である覚海でさえ、前世はこのようなもので、仏法に結縁することがいかに尊いことかを示しているが、反対に、現世での悪業により人が死後畜生界へ転生する話の方が、より多様な形で見られる。

信州のある山寺の僧坊に犬がいて、五匹の子どもを産んだが、母犬はその中の一匹を嫌って、乳も飲ませず噛みついたりしていた。僧坊の人たちはこの母犬をけしからんと殴っていたが、一夜に大勢の者が夢を見た。夢の中で母犬は、「私は前世で遊女であり、五人の夫を持っていた。四人は大変優しく互いに愛情も深かったが、一人だけ勝手で私を苦しめることばかりした。この五匹の子犬は、その時の夫たちだ。四匹はとてもかわいいが、この一匹だけは昔も今もしゃくに障って仕方がない。でも明日、あの大嫌いだった夫の甥が、この子犬をもらいに来るでしょう。みなさんが不審と思うでしょうから、申し上げました」と話したのだった。

翌朝、みなが同じ夢を見ていたことが判明し、そんな中である俗人がやって来て、子犬をほしがった。「どれでもどうぞ」と言うと、「痩せてはいますが、他の犬よりよさそうで、かわいいです」と、嫌われた子犬を選んだ。人々は夢と同じだと思い、子細を聞くと、確かに伯父にはなじみの遊女がいて、夢で母犬が語った通りだった。そこで夢のことを甥に話すと、「何とも気の毒なことです。でも伯父が私を育ててくれたので、恩に報いなければ。ひと目見てかわいく思ったのは、そのせいだったのですね」と子犬を抱いて帰った。これは最近起こった不思議な事件である。「夢を見たその山寺の人は、今も生きているそうだ」とある人が語った。〔巻九の十「前業の報ひたる事」〕

美濃国《みののくに》遠山というところで、百姓の妻が夢を見た。亡くなった舅《しゅうと》が出てきて、「明日、地頭殿が狩りをなさるが、私の命も危ないだろう。この家に逃げてきたら、必ずかくまって助けてくれ。私はもともと片目がつぶれていたが、今もそれは変わらないから、目印にしてくれ」と、ふさぎ込んで泣く泣く語った。翌日、地頭殿が鷹狩りをして、雉《きじ》が家の中に飛び込んできた。夫は外出中で妻一人がおり、「夢に見たのはこのことか」と思い、雉を釜の中に隠して、蓋をしておいた。狩人が家の中に探しに来たが、まさか釜の中にいるとは思わず、探しあぐねて出ていった。夜になり、夫が帰ってきたので、妻が子細を話した。そこで雉を取り出すと、夢の通り片目がつぶれていた。夫が撫でると雉は恐れる気配もなく、「気の毒なこと」と妻も涙を流した。雉も涙を流して、よく飼い慣らされた鳥のように見えた。さて夫が申すには、「本当に、父上でいらっしゃった。生きているときも片目を悪くしておいでだったが、生まれ変わった今でも変わらないとは、おかわいそうだ。親子の縁で、父は我らを不憫に思って、子どもに食われてやろうと考えてお出でになったのだろう」と言って、ねじ殺してしまった。妻は、あまりにつらかったので、そのまま家を飛び出したが、夫は逃がすまいとする。ついには地頭に訴えると、地頭は事情を聞いて、「親殺しの大罪人だ」として、夫は追放され、妻は「情け深い者である」として、夫の家を頂き、年貢以外の雑税を免除された。これはここ四、五年の出来事だと、ある人が語った。

〔巻九の十一「先生《せんじょう》の父の雉になりたるを殺したる事」〕

遊女と五人の夫は母犬と五匹の子犬として転生し、百姓の父は雉となって息子の家に戻ってきた。動物に転生しても、前世における人間関係が継続し、縁者として生まれ変わった話である。他にも、精神修行をしなかったために野槌《のづち》（蛇の一種で、目も鼻も手足もなく、ただ口だけがあり、人間を吸い込むという空想上の動物）に転生した比叡山の学僧〔巻五本の三〕や、釈迦の存命中に、妻を気にかけるあまり、死後、妻の鼻の中の虫に転生し、鼻をかんだ妻に踏み殺されそうになった優婆塞《うばそく》（在家男性信者）の話〔巻九の二十五〕などがある。

3　祟りと報恩

輪廻転生を繰り返す我々は、前世も来世も人間であるとは限らない。動物が時に人間のような心をもち、人が施す善には恩をもって応え、悪事には報復という手段をとるのは、かつて人間であった可能性が動物の中にもあるからである。それは反面、人間の存在自体がいかに儚く、かりそめの世で一喜一憂することがいかに虚しいことかを示すことにもなる。

『沙石集』の動物譚の中で、蛇にまつわる話は特に印象深い。第四章において、嫉妬のために女性が蛇体化する話に触れたが、蛇そのものを扱う話も多い。中でも古来からの蛇神信仰を背後にもつと思われる、祟る話がきわ立っている。

下野国に、ある俗人が、道端にある大木の穴から大蛇が顔をのぞかせているのを見て、「何を見ている、しゃくに障る」と、征矢《そや》（戦闘用の矢）で蛇の首を木に射付けた。そのままにして歩いていくと、大きな沼の水面を泳ぐものがいる。見れば一丈（約三メートル）ほどの大蛇が、首に矢が突き刺さったままで、水の上を泳いで来たのだった。俗人はまた待ち受けて射殺した。さて、家につく前に、その俗人はすぐに気が狂ったようになって、様々なことを口走って、急死した。つまらないことをして、現世でも命を失い、来世も苦しみを受けるであろう。これははっきりと、人の名前も場所もうかがったことである。最近の珍事である。その大蛇はどこかの神社の神でいらっしゃったと噂をしたことです。〔巻九の六「蛇を害して頓死したる事」〕

同国に、ある沼で魚をとる者がいた。岸の下の方の穴から、魚がたくさん出てきた。ものすごい量である。穴に入ってよくよく見てみると、小さい瓶子《へいじ》（徳利《とっくり》）の中から、魚が出てくる。不思議に思っていると、最後には瓶子の中から一尺（約三十センチメートル）ほどの小蛇が一匹出てきた。これを捕まえて、串に刺して、道端に立てておいた。家に帰って魚を料理していると、串刺しになったままの蛇がやって来たので、すぐに打ち殺した。殺すとまたやって来て、先に殺したはずの蛇の死体があるのに、また蛇が来る。数え切れないほどである。とうとう全身の身の毛がよだち、気分が悪くなって、そのまま気が狂って死んでしまった。〔同前〕

どちらも蛇神の祟りを思わせる話である。他にも蛇に妻を犯された夫が、少しこらしめて山へ返したところ、後に大勢の蛇が報復に訪れた話がある。しかし夫が、「妻を犯されて、本来なら殺すところを助けてやったのに」と理路整然と道理を説いたところ、大蛇を筆頭にして一度うなづき、例の蛇に他の蛇がそれぞれ一回ずつ「みそみそと」かみつき、山へ戻っていった〔巻九の四〕。この場合、蛇たちは、先に悪事をはたらいたのはどちらであるかを人間の話から理解して、仲間に制裁を加えて山へ帰っていくのである。他にも、雉や鶏《にわとり》、鴛鴦《おしどり》などの鳥が祟って人が命を落とす話〔巻九の十三、十四〕、馬に与えられた餌代《えさ》を横領した世話係が突然発狂し、馬の心を代弁して自ら罪をさらけ出してしまった話〈巻九の十五〉もある。これらはみな、経典等からの引用ではなく、下野国や尾張国など、無住の周辺で実際に起こった実話として語られる点も、現実味が増して面白いところである。

一方で、人間の優しい心に対する報恩譚もある。改変後の流布本系諸本に集中的に見られるのだが、いわゆる『蟹満寺縁起《かにまんじえんぎ》』として知られる、蛇から少女を救った蟹の話〈慶長古活字本巻八上の四〉や、山陰《やまかげ》中納言が亀を助けたお返しに、その子が海に落ちた時に亀に救われた話〈同前〉、伊豆国で地頭に捕らえられた猿が、その母に命を助けられたことにより、季節ごとに旬の果実を届け、感動した母が息子に永久に猿を殺さないことを誓約させた話〈慶長古活字本巻八上の五〉などがある。いずれも昔話として著名なモチーフであり、それらが流布本系諸本で加筆されていることも興味深いのだが、より世界的な説話のモチーフとして有名な「ねずみの嫁入り」が、日本では、『沙石集』に早い段階で収録されていることにも触れておきたい。「ねずみの嫁入り」は、インドの『パンチャタントラ』が典拠であり、『イソップ物語』など古今東西に類話が見られる。

ねずみに娘ができて、天下一の婿をもらおうと、身の程知らずにも企てた。太陽こそ世の中を照らす徳がすばらしいと思い、朝日が出たので、「美しい娘がおります。さしあげましょう」と申し上げると、「私は世の中を照らす徳はあるが、雲にあうと光がさえぎられてしまう。雲を婿にしなさい」とおっしゃった。「確かに」と思って、黒い雲が見えたので、このことを申し上げると、「私は太陽の光を隠す徳はあるが、風に吹かれたらどうにもならない。風を婿にしなさい」と言う。「それはそうだ」と思い、山から吹き下ろす風にこのことを言うと、「私は雲を吹き飛ばし、草や木を吹き倒す徳はあるが、築地《ついじ》にあうとどうしようもない。築地を婿にしなさい」と言う。「確かに」と思って築地にこのことを言うと、「私は風が吹いても動かないという徳があるが、ねずみに穴をあけられるのが耐えがたい」と言う。そこでねずみは、「そうか、ねずみが最もすぐれているのだ」と言って、ねずみを婿にした。これも定まった果報なのである。

〔慶長古活字本巻八下の三「貧窮追出事」〕

ねずみは娘のために、最高の結婚相手を見つけようと奮闘するが、結果的に同じねずみが相手として最良であるというところに落ちついた。いくらあがいても、定まった果報から逃れることはできないので、それを受け入れ、来世のために善行を積むことが大切だ、という無住の主張によくあった話である。

第二節　善天狗と悪天狗

ある修行者が奥州を修行して、山里で日が暮れて宿を借りようとしたが、誰も貸してくれない。「この山のふもとに古い堂がある。そこにお泊まりなさい。ただし、天狗が住むという話です」と言う。この僧は真言師だったので、自分の法力を頼りとして、その堂に行って泊まった。やはり恐ろしく感じられたので、仏壇の上の、仏像の背後に座っていた。夜が更けて、大勢の人の声がして、山の上から下りてくる。恐ろしさのあまり、陰形《おんぎょう》の印《いん》を結んで、気を静めて座って見ていると、色白で綺麗な身なりをした太った僧を手輿《たごし》に乗せて、小法師たちが三十人ほどお供をして堂に入ってきた。太った僧が、「小法師どもよ、庭に出て遊べ」と言うと、ばらばらと連れだって外へ出た。相撲をとり、物を飛び越え、舞い踊って遊んでいた。さて、この僧が、「これ、御房《ごぼう》、御房」と修行者に声をかける。修行者は、「陰形の印を結んでいるが、見えているのだろう」と思って、「恐ろしいことでございます」と答えた。「御房の陰形の印の結び方は間違っているようだぞ。出ていらっしゃい、教えてさしあげよう」と言う。その時、気持ちが少し落ち着いて、傍に寄ると、「このように結ぶのだ。そのまま座って見物していなさい。たわいもない小法師どもにあなたを見せさせまいと思って、外へ追いやったのだ」と言う。そこで嬉しく思って、また仏像の背後で印を結んで座った。「よしよし、もう今は姿が見えませんぞ」と言って、「小法師ども、参れ」と呼び入れ、堂の中で様々遊んで、山へ帰っていった。

天狗というものは、日本でいいあらわしている存在である。経典には確かな根拠がない。先徳が言うには、「注釈の中の、魔鬼というのはこれではないかと思われます」と。おおよそのところは鬼の仲間であろう。真実の智恵や仏道心がなく、執心や偏執があり高慢で、執着心を断たずに修行した者は、みなこの天狗道に入るのである。

現世での心の有り様、修行の徳、智恵に応じて、天狗にも色々違いがあるという。大きく分けると、善天狗・悪天狗といって二種類ある。悪天狗はひたすら驕慢と偏執の心しか持たず、仏法を信じない存在である。そこであらゆる善行を妨げ、輪廻から抜け出せない。善天狗は仏道に志を持ち、智恵も修行の徳もありながら、執心が断ち切れず、執着心をともなった智恵と修行が障害となって、天狗道に入ったけれども、ここで仏道を行い、人の修行も邪魔せず、悪天狗の妨害も制止して、仏法を守るのである。善天狗は輪廻を離れる時も近いという。

この天狗は善天狗で、もとは真言師であったのだろう。この話は昔の人が申し伝えた話である。ひたすら道心を持つほど頼りになることはない。執心と共に行う修行は、すべて魔業《まごう》となる。たとえ人界、天界といった善処に生まれても、その果報におごって罪業を作り、後に悪道に堕ちるという。執着心をともなう福は来世の敵、と先徳は注しておられる。真実の智恵、道心は深く持つべきものであるよ。

〔巻九の二十「天狗、人に真言教へたる事」〕

ある修行者が遭遇した、色白で身ぎれいでふっくらした天狗は、前世は真言師と思われ、間違った陰形の印（姿を隠す）の結び方を指摘し、正しい方法を教えてくれた。修行者に害を与えることもなく、仏法修行を助けるという意味で、善天狗の典型である。

天狗という存在は、昔から様々な形で伝承されてきた。中国においては、もとは天狗星という地上に災いをもたらす星であり、山中における怪異現象や山中に住む狸や犬のような存在でもあったが、日本では人格を持った魔性として、仏教と対立する存在として語られる。『今昔物語集』においては、様々な悪事を試みるも仏法の前でことごとく力を失う天狗が描かれている。彼らは山中に住み、姿は屎鵄《くそとび》であり、正体を暴かれると異臭を放って逃げるのである。同時に学問や修行をおろそかにしたり、妄執にとらわれた僧が死後天狗となる話もあり、こちらは無住が描く、高慢や偏執の心をもって修行した僧が死後天狗道に堕ちる姿に重なるが、『沙石集』においては、描写も仏教的な解釈もより細かに迫力あるものに変化している。第二章で述べた春日大明神の春日野学僧地獄は、まさにこの天狗道の描写といえるだろう。ただし、天狗を説話として描く系譜は累々と見られるものの、その存在自体をどのように解釈すべきか、「論」としての言及は限定的であまり見ることができない。同時代的作品としては、『源平盛衰記』巻八「法皇三井灌頂」に、天狗に関するまとまった解説がある。その中では、「大智の僧は大天狗、小智の僧は小天狗、無智なのに慢心のある僧は畜生道に堕ちる」とある。また当代仏教界の各宗派の僧を天狗として風刺した絵巻物『七天狗絵』「三井寺巻」には、「天狗の多くは鵄《とび》である」とある。『七天狗絵』は興福寺巻（東京国立博物館模本）・東大寺巻（東京国立博物館模本）・延暦寺巻（東京国立博物館蔵）・園城寺巻（個人蔵）・東寺巻（東京国立博物館蔵）・伝三井寺巻（個人蔵）・伝三井寺巻（根津美術館蔵）の七巻構成であり、全巻にわたり、興福寺・東大寺・延暦寺・園城寺・東寺・山伏・遁世（禅・律・念仏）の僧たちを七種の天狗として描き、風刺している。興福寺巻の詞書には「永仁四年（一二九六）」とあり、自宗に固執し他宗を非難する僧の堕落した姿を描くことから、『沙石集』の記述を彷彿とさせるものがあるのだが、近年の研究では、『七天狗絵』は従来いわれてきたように、諸宗の対立を描いているのではなく、諸宗の融和を説くものであるとされている。そうなると、ますます『沙石集』との関連性を注視せねばと思うが、無住が説く善天狗、悪天狗の論証は無住以前の他書に見られないものであり、中世の天狗を考証する際に非常に有益な情報となることにかわりはない。天狗という存在への関心は大きかったようで、『聖財集』の中でも再び言及している。

日本で天狗ということは、経論の中には確認できない。真言の中で天狗というのは狐などのことである。圭峯宗密《けいほうしゅうみつ》の『盂蘭盆経疏《うらぼんきょうしょ》』では、「横行は畜生であって、傍生ともいう。堅行は鬼である」と解釈している。日本の天狗は山伏のようであり、堅行である。これは鬼の姿である。中国でもこのようなたぐいを鬼と申し伝えている。畜生の中にもあるだろうか。

〔『聖財集』巻中〕

日本の天狗は、山伏姿の鬼類であって、鵄《とび》のような畜生類ではないのではないか、という意味合いであろう。ただ『沙石集』では、生前眠ってばかりいた忠寛《ちゅうかん》という僧が、死後鵄に生まれ変わる話も収録している。

近頃、興福寺の東門院に稚児がいた。便所でしゃがんでいるところに、春日山の方から鵄が一羽やってきて、この稚児の前で眠っている。恐ろしさのあまり、腰刀を抜いてばさっと斬りつけると、稚児はそのまま気絶してしまった。人が見つけて房に運び入れ、祈禱をした。刀には血がつき、鵄の羽が散らばっていた。とりつかれた稚児は、「忠寛が何となく眠っていたのを、傷つけたことは許せない」と言う。あれこれ祈禱してなだめ、大事には至らなかった。前世でも眠ってばかりいたので、生まれ変わっても眠っていたに違いない。

〔巻八の一「眠《ねむり》正信房《しょうじんぼう》の事」〕

この鵄は生まれ変わった忠寛である。稚児が斬りつけてすぐに気絶したのは、忠寛の霊が憑依したためである。鵄が春日山の方向から飛んできたのは、おそらく春日野の天狗道に堕ちているからではないか、と想像される。『沙石集』において、やはり南都の春日野は、天狗道の聖地として一貫して認識されているようである。

第三節　貧乏神と疫病神

貧乏は、無住にとって大変重要なテーマであり、『雑談集』ではおのれの貧窮ぶりを何度も嘆いている。富貴と貧賤を二項対立的に比較、論証していくのだが、結論的には、おおむね貧賤も悪いことばかりではない、というところに落ち着いている。『雑談集』においては貧乏で一介《いっかい》の僧である自分と、富裕な鎌倉幕府執権北条貞時を比較する文脈で力説している。「仏道を学ぼうと思うなら、貧しさを学べ」という古人の言葉を引用し、「現世で富貴な人は来世がよろしくない。仏道修行して貧乏であるのは、本当の意味で来世で裕福な人になるだろう。つかの間貧困であっても、来世において裕福なことを喜ぶべきである。僅かの夢のような現世での貧困を憂うべきではない」と述べている。ただそうはいっても、当面の問題としてせつない時もある、ということで、ここで一首詠んでいる。

ことはりはさるべきことと思へども　身のまづしきもかなしかりけり

（そういう道理だと思っていても、この身の貧しさはせつないなぁ）

〔『雑談集』巻三「愚老述懐」〕

また長母寺ではいつも飯を炊く煙が絶え、夏は麦飯《むぎめし》と粥《かゆ》で命をつないでいる、として、

さらずとも愛するよしにいひなして　世をわたるべき粥と麦飯

（本当は好きではないが、好きだと思い込ませて、生きるために食べている粥と麦飯）

〔同前〕

長母寺は、かつて無住が住職となる直前、西大寺の叡尊が関東へ下向する折に一週間ほど滞在しており、その時には、「長母寺に常住の僧三十三人、在家人一九七人が叡尊から菩薩戒を受けた」〔『関東往還記』〕と書かれている。この言葉を素直に受ければ、かなりの大寺を想像するのだが、さらに追いうちをかけるような話もある。

本当に何もない寺で、盗賊が入る恐れもない。先年、強盗が寺に入って、土蔵を打ち壊して、「何か物はあるか」と言ったが、「犬の屎《くそ》さえない」と怒って出て行った。その後、嫌がって二度と来

なかった。

〔同前〕

無住は貧乏はつらいと思いつつ、来世の富貴を願って積極的に何かをしようとは思わなかったのだろう。さてこの貧乏であるが、普段は目に見えないが、ここぞという時に人の姿をとってあらわれる。それが貧乏神《びんぼうがみ》である。

尾張国に、円浄房という僧がいた。貧乏暮らしで、五十歳になっていたが、真言を学んだのか、それとも陰陽道に関わる法を知っていたのか、弟子の僧一人と小法師一人がいて、「こうも長らくあまりに貧乏なのがせつないので、貧乏を今は追い払おうと思う」と言って、十二月の大晦日の夜、桃の木の枝を自分が持ち、弟子にも小法師にも持たせて、呪文を唱えて、家の中から次第に追い出すように叩いてまわり、「貧乏神殿よ、もう出て行かれよ。出て行かれよ」と言って、門まで追い払い、門を閉めてしまった。

その後、夢の中に痩せた僧が一人、古い堂にいて、「長年おそばにおりましたが、追い出しなさるので、おいとましようと思います」と言って、雨に降られて出ていけず、声をあげて泣いていると見て、円浄房は、「この貧乏神は、どれほどつらく思っているだろうか」と泣いたのだった。情け深い人である。

その後、円浄房は不自由することなく暮らした。このことは確かに聞いた人からの話である。貧乏も前世の業であって、仏神も助けられないことが多いのに、不思議な話であった。

〔巻九の二十二「貧窮追ひたる事」〕

ある貧乏人が、暮らしていけず、他の場所へ行こうとした時の夢に、痩せこけた少年が藁沓《わらぐつ》をはいていた。「誰だ」と言うと、「若い貧乏神でございます。お引っ越しにお供いたします」と言った。

〔同前〕

桃の木は魔をはらう力を持つとされ、大晦日の夜に宮中で行われた追儺《ついな》の儀が思い起こされる。追儺は疾病や災難を除くために、桃弓や葦矢を持って悪鬼を追い払う儀式である。こういった呪力を持つ桃の木を用いると共に、円浄房は真言師であるから、何か真言、つまり仏法を用いて貧乏神を追い出したのだろう、と考えているようである。後話は『発心集』巻七の七「三井寺の僧、夢に貧報を見る事」の梗概である。『発心集』に拠ると、「青白く、痩せこけていて、いかにも貧しそうな若者」と描写され、「貧《ひん》報《ぽう》の冠者《かじゃ》」(『沙石集』では「貧窮《びんぐう》の冠者」)と名乗っている。無住は円浄房が貧乏神から逃れられたことを、不思議だと言っている。なぜなら、貧乏は前世からの変えがたい定業《じょうごう》の典型だからである。円浄房が貧乏から脱したことについては、「それは仏法の力で変えることのできる軽業《きょうごう》であった」から、変えることができたのだ、と落としどころを見いだしている。では本来、定業による貧乏とはどのようなものか、次の話がよく示している。

比叡山の東塔北谷の僧が、あまりに貧しいので日吉神社へ百日参詣して祈願したところ、「考えてやろう」というお告げを得た。喜んで待っていると、些細なことで長年暮らしてきた僧坊を追い出され、当てもないまま、西塔の南谷にある坊に転がりこんだ。良くなることを期待していたのに僧坊まで追い出されたので、また参籠して祈願すると、「お前の前世の修行がおろそかで、どうやっても現世で福を得るだけのものがない。東塔の北谷は寒いから、暖かい西塔の南谷に行かせたのだ。これ以外は私の力は及ばない」とお告げがあり、それからは望みを捨てて祈願しなくなった。

〔巻一の七「神明は道心を貴び給ふ事」〕

この僧が現世で富裕になるには、前世の業が足りない。それでも日吉大明神が寒い東塔から暖かい西塔へ僧を移動させることができたのは、軽業を操作したゆえなのである。ではこの神仏であっても変えがたい定業とは何なのか、ということになるが、それは次章で詳しく見ていくとして、ここではいま一つ、疫病神《やくびょうがみ》についても触れておきたい。

中ごろ、ある山僧が日吉の大宮に参籠した。夜更けに、夢うつつで見ると、異形《いぎょう》の疫病神が数もわからないほど参上して、「疫病は天下の者が等しく患うものでございます。山僧を少しばかり頂きたい」と申し上げた。権現のお言葉を取り次ぐと思われる神人《じにん》が応対に出てきて、「山門の学僧を渡すわけにはいかない。ただし、比叡山に住む者の中に、このまま比叡山に住んでほしいと思うのに、近々故郷へ戻るつもりの僧がいる。彼を病気にして、少しの間でも帰郷を止めるのがよい。ただし命は奪ってはならない。その僧はどこそこの谷のどこそこの房にいる某《なにがし》という者である」と、権現のお言葉を伝えたので、疫病神たちはばらばらと出ていった。

その僧の房へ行き、中に入ろうとしたところ、この僧は、夜が明けたら帰郷するつもりで、比叡山が名残惜しく思われて、夜が更けるまで、「円頓《えんどん》とは、最初から実相（万物の真相）を認識する。また煩悩を断ち澄みきった法性《ほっしょう》を止《し》と名づけ、心乱れず、常に智恵の働きでものを見定めることを観と名づける」という経文を唱えたので、疫病神はどうしても近づけない。そこで大宮に帰参し、その旨を申し上げると、「それでは私にはどうにもならぬ」との権現のお言葉があって、疫病神たちは退散した、と見た。参籠した僧は、その比叡山に住む僧のもとへ行き、「このようなことをこの目で見ました」と語ったところ、「山王権現がそのようにお思いくださるとは恐れ多い」と言って、故郷へ帰るのをやめて、いつまでも比叡山にとどまったのだった。

〔巻五本の一「円頓の学者の鬼病免れたる事」〕

円頓とは、円満頓足の略であり、一切を欠けることなく備え、たちどころに悟りに至ることをいう。天台宗から出た言葉であり、天台宗は別名円頓宗《えんどんしゅう》ともいう。無住も述べるように、帰郷がせまっていた僧が読んでいたのは『摩訶止観《まかしかん》』の一節であり、その効力は疫病神をも退けるものであった。ここで疫病神は人間のように神前に参上し、権現のお言葉を頂いており、貧乏神同様、人格化した神のように描かれている。原文で疫病神を「鬼神」と表現しているように、疫病神は古来から鬼神として描かれることが多いが、疫病神は『今昔物語集』巻十二の三十四、巻二十の十八、巻二十七の十一にも登場している。そこでは「行疫神《えやみのかみ》」「疫神《やくじん》」「行疫流行神《えやみのかみ》」と称されていて、人や鬼の姿で描かれている。巻十二の三十四は、疫病神に酷使される道祖神《どうそじん》が『法華経』の功徳によって救われる話で、疫病神は馬に乗った人の姿で複数でやってきて、それを恐れる道祖神は老翁姿である。また巻二十七の十一では、応天門の変で伊豆国に配流となった伴善男《とものよしお》が、死後疫病神になって現世にあらわれている。

去る安元の夏のころ、坂東の国々で疫病が猛威をふるい、多くの人が病で亡くなった。私が親しくしている小童も病にかかりました。その病気の様子について、「小禿《こかぶろ》の童子がやってきて、あれこれ責め立てるのです」と申したので、僧たちが四、五人、千手陀羅尼を唱えると、わずかに二十一回唱えたところで、病人は、「その童子は頭を粉々にされて、泣きながら北の方へ退散した。また、寺からたくさんの手をした仏がお見えになって、追い払いなさった」と申して、病気が治ったのだった。私が目の前で見聞きしたことですので、人から聞いた話ではない。

〔巻九の二十四「真言の功能の事」〕

安元（一一七五〜七七）の夏のころの話とあるが、梵舜本や刊本では弘安元年（一二七八）のことと書かれている。無住の実体験であり、建治三年（一二七七）から弘安元年にかけての疫病流行を嘆く日蓮の書状（『上野殿御返事』、『千日尼御前御返事』等）が複数残っていることから、弘安元年のことと考えるべきである。「真言の功能の事」という題目にあるように、本話の前後は呪詛《じゅそ》や霊病《れいびょう》を陀羅尼《だらに》（真言）の力で退散させる話であるので、本話の疫病による病も霊病のうちと捉えての配置であろう。ここでは千手観音が疫病を退けているが、疫病は小禿の童子としてあらわれ病人を責めている。

貧乏や病といった、本来目に見えないものが民間の神としての姿を得て、仏法の力によって屈服、排除されていくのである。貧乏神はしょんぼりしたり引っ越しの準備をしたりと、ユーモアを感じる部分もあるが、疫病神は常に不気味で恐怖を与える姿である。神や仏を一目見たい、という望みが聖なる存在との邂逅《かいこう》を語る様々な説話を生み出す一方で、貧乏や疫病といった、人間にとって負の存在も姿形を与えられているのが興味深いところである。目に見えない存在に対して、中世の人々は現代よりもずっと大きな興味と豊かな想像力を持っていたのである。

第六章――限りある命と極楽往生

第一節　逃れられない定業

1　神力、業力に勝たず

常陸国筑波山の辺りに、年老いた入道がいた。自ら地蔵を上手に刻んで、崇め供養していた。家中の者もみな、すべてのことをこの地蔵にお願いしていた。すぐれたご利益が、それぞれにあった。この家に幼い子どもがいた。誤って井戸に落ちてしまい死んでしまった。母親は泣き悲しんで、「すべての願いをかなえて下さる地蔵様が、私の子どもを殺してしまわれたくやしさよ」と言って、道理もなく泣いていた夜の夢に、この地蔵が井戸のへりに立って、「私を怨むでない。私の力も及ばない定業なのだ。後世は必ず助けてやるぞ」と言って、井戸の底から幼い子どもを背負って出して下さると見えた。それで悲しみも少しおさまったのだった。

〔巻二の五「地蔵の利益の事」〕

定業とは何か。前世から定められている善悪の業報のことであり、ここでは寿命、死期ということである。定業が重視されるのは、仏教的にも時代的にも当然ではあるが、無住は特にこの定業を重く受けとめ、注視していたと思われてならない。

本話では井戸に落ちた子の命を、地蔵でさえも生き返らせることはできなかった。しかし後世《ごせ》、つまり来世は助けるから、という救いを地蔵はもたらしてくれている。ただこの話、地蔵菩薩の霊験譚を集めた『地蔵菩薩霊験記《じぞうぼさつれいげんき》』（以下、『霊験記』）巻六の七に、ほぼ同話が収録されている。何とそちらでは、母親が目を覚ますと、死んだはずの我が子がいつも通り胸の中にいて眠っていたとある。そこでかたくなな母親もひたすら地蔵を信仰した、とあり、地蔵の偉大な力は死者を蘇生することさえできるのだ、という強力な霊験譚となっている。『霊験記』は平安時代、三井寺の僧実睿《じつえい》が編纂した二巻本がもとになり、後に段階的に加筆増補されて十四巻本となった。『霊験記』では本話の前に、やはり『沙石集』と共通する話を同じ順番で掲載している。両書の直接関係は不明だが、『霊験記』が『沙石集』の影響を受けたと考えるのが穏当であろう。本来、定業ゆえに救うことのできなかった命を、地蔵の霊験の偉大さを強調するための蘇生譚に仕上げたのが『霊験記』、もしくは『霊験記』が依拠した原資料であったと考えられる。

無住は定業の重さを自分本位に軽減したりはしない。その信条がよくあらわれているのが、「神力《じんりき》（仏力）、業力《ごうりき》に勝たず」という言葉である。この場合の業は寿命や死期のみを指すわけではなく、前世から決められていて動かしがたいさだめ、といった意味合いであるが、それは神の力や仏の力をもってしても勝てない、変えることはできないのである。経典では窺基《きき》の『妙法蓮華経玄賛《みょうほうれんげきょうげんさん》』巻十に、「仏等神力亦不レ能レ救」、圭峰宗密の『仏説盂蘭盆経疏《ぶっせつうらぼんきょうしょ》』下に、「神力不レ禁二業力一」とある。このうち宗密は禅教一致を説いた唐僧であり、無住が傾倒した永明延寿《えんじゅ》の禅教一致思想に多大な影響を与えた人物である。宗密の言葉は『沙石集』にも度々引用され、その主著である『禅源諸詮集《ぜんげんしょせんしゅう》』は流布本系『沙石集』巻四の増補部分に書名自体の引用も見られるし、『仏説盂蘭盆経疏』も、『聖財集』における天狗の説明の部分に書名が見られる。また神力ではなく仏力と記すものとしては、延寿の『万善同帰集《まんぜんどうきしゅう》』上に、「仏力不レ如二業力一」、元昭（湛然）の『四分律行事鈔資持記《しぶんりつぎょうじしょうしじき》』に「衆生業力勝二仏力一」とある。無住が依拠したものは一つではなく、複数の経論からこの言葉を得ていた可能性もあろう。『沙石集』において米沢本では二箇所、流布本系統では三箇所に確認できるが、無住の本文改変で後に章段ごと加筆された部分にこの言葉の真意を読み取ることができる。

仏法の効験のきわだっていることや、菩薩のご利益の広大であることを聞くと、我々が死後地獄に堕ちたり、信心が神仏に通じないなどということはないはずであろう。しかし苦しみを受ける人々はあまりに多くて尽きることがない。仏菩薩をたのみにする人がいても、ご利益があるのかはっきりとわからないこともある。このことは我々凡夫にとっては納得しがたいことである。そこで今、経論や古徳の注釈によって考えてみると、すべての人間は自ら業を作り、それぞれが報いを受ける。人々を助けようという菩薩の心願があっても、どうして簡単にこんな人間を助けることができようか。神力も業力に勝てないという。

〔梵舜本巻二の九「菩薩代受苦の事」〕

『雑談集』においては、前世の業のため、阿羅漢《あらかん》でありながら貧困を極めた利軍支比丘《りぐんしびく》の話などをあげるが、よりリアルなのは、この道理を理解していない無住の身近な女性の話である。

京に知り合いの女性がいた。身分の高い人の家に仕えていたが、前世の果報がとぼしい人で、常に長谷寺に参詣してお祈りしていた。しかしご利益がなく、これは自分の信心が足りないのか、業の力が強いのか、わからなかった。するとこの女性は、長谷寺の観音を「妄語袋《そらごとぶくろ》」と呼んだ。「あんなに人々の願いをかなえると誓っておきながら、うそつきね」とのことであった。

〔巻五「信智の徳の事」〕

まさに定業というものをわきまえない者が、道理もなく仏や神を怨んだ典型例である。ただこのような人は珍しくなく、むしろ多数派ではなかったかと想像され（神仏に祈っても願いがかなわないことが多いのは、今も昔も変わらない）、だからこそ、人々を納得させる論理である「神力、業力に勝たず」を説き続け、信心に導くことが肝要だったのである。

他の古典作品においても、この「神力、業力に勝たず」という言葉は数例しか確認できないが、例えば『保元物語』（陽明文庫蔵宝徳三年（一四五一）書写本）において、鳥羽法皇が熊野の巫女から託宣を受ける中で、「定業限りある事には、神力も及ばず」と書かれている。ただこの部分は同作品の別系統の写本である半井《なからい》本では、「定業かぎりあり。我力不レ及」となっているようである。連歌師である心敬の『ささめごと』下巻（一四六三〜六四成立）にも、「神力業力に勝たずと云へり」とあるが、こちらは『沙石集』からの影響が明らかであるから、この言葉が文学作品に使用される源泉を『沙石集』に求めることもできるかもしれない。

2　治らない病

人生の中で、定業が特に強く意識されるのは、定業による病、不治の病になった時である。現在でも、医療的処置がもはや不可能で、民間療法を試しても効果なく、神仏に祈願してもどうにもならないと、「ああ、これが自分の寿命なのだ。運命なんだ」と死を覚悟する。このような感覚は、宗教が深く生活に入り込んでいた中世人にとっても、ほぼ同様であっただろう。定業による病については、『雑談集』にまとまった説明がなされている。

受戒した病人のほとんどは、病気が癒える。ただし定業は、仏の在世中であってもやはり癒えることはなく、助かることなどあろうか。不信心のやからは、定業は癒えることがないので、仏法に効験などないと思って、仏法に帰依する心がない。これは人の業障がそうさせているのだ。一方で仏法の力で病が癒えると、今度は自然な果報だと思って仏の功徳を信じない。愚痴のいたりである。

〔『雑談集』巻六「菩薩戒の徳の事」〕

たいしたことのないえせ医者を呼んで、薬代を散財して、お礼の金品のためにお金を費やすよりは、経典を信じて、読誦《どくじゅ》・書写・供養・讃嘆《さんたん》すれば、業病も癒えるであろう。癒えない定業であったら来世にその効果があるだろう。ある医書には、「庸医《ようい》（藪医者）が病を治そうとするのは、治せないことよりもっとひどい。大医（りっぱな医者）でもやはり病を治すのは難しいことだが、庸医はいっそう病を増すという意味で、治せないよりひどい」とある。巫女を呼んで鼓を打ち、湯立てをして神に祈るが、鬼神は自分の生死さえ思うままにはならないというのに、定業を助けることなどできようか。ただ仏と『法華経』を信仰して菩提に心を向けるべきである。そうすれば現世における祈禱も、死後の備えも、この『法華経』のみでこと足りるのである。このことは、医者や巫女が聞けば怒るだろう。しかし心有る人は、仏と経を信じて、菩提を求めるべきである。

〔『雑談集』巻七「法華事」〕

これまで見てきたように、定業は変えがたいこと、りっぱな医者は別として、藪医者を呼んで散財するよりは、仏法に（ここでは特に『法華経』に）信心をよせ励むべきとのことである。『雑談集』では他にも、尊い浄名居士《じょうみょうこじ》や玄奘三蔵法師さえ病に苦しんだ例をあげ、業病の恐ろしさを繰り返し説くが、「転重《てんじゅう》軽受《きょうじゅ》」という考え方で病を説明する点も重要である。これはとても善良な人が病気や事故などなぜか災難続きで、悪事をはたらき性悪な人がなぜか幸せ続き、といった世の不条理に対する答えといえる。善良な人でも病苦を受けるのは、それは来世で受けるべき重い苦しみを、現世の病気という軽い苦しみに転じているのだ、という思考法であり、悪人は現世では幸せでも子孫が必ず断絶すること（積悪《せきあく》の余《よ》殃《おう》）、善人はこの世では前世の業により不幸があっても子孫が必ず繁栄すること（積善《せきぜん》の余慶《よけい》）が約束されているのである。この「転重軽受」はもとは『涅槃経』を出典とするが、『往生要集』や法然の言葉を載せる『黒谷上人語灯録』にも見られる考え方である。医術や医師についての記述は『雑談集』に多いが、これは『雑談集』が無住の人生を饒舌に語る作品であるため、僧医としての知識や経験譚からの言及が多いゆえである。仏法、医術の両面を持ってしても助からない命を見てきた無住だからこそ、定業の重さを深く、強く認識せざるを得ず、自然とその筆致にも力がこもったと思われる。

3　老いと死をめぐって

現代人は老いや死をできるだけ生活から遠ざけ、明るく輝かしい生の対極にあるものとしてタブー視する傾向がある。宗教が現在より身近であった中世においても、大多数の人にとってそれは同様であったと思われ、だからこそ仏教者としての立場からは、普段から老いや死といった、やがては誰にでも訪れるマイナス面を認識すること、それを克服しようと抗うのではなく（現代人はこちらに注力することは言うまでもない）、受け入れ、来世安穏への仏道修行に励むべきことを繰り返し説く必要があった。死以前に、じりじりとせまってくるのが老いであるが、老いを認めがたい人間の心情は、次の話にもあらわれている。

武蔵国《むさしのくに》に西王《さいおう》の阿闍梨《あじゃり》という僧がいた。「お年はいくつにおなりでしょうか」と尋ねると、「六十は超えております」と答えた。七十過ぎには見えたので、疑わしく思って、「六十を、どれくらい超えておられますか」と聞くと、「十四超えております」と言った。随分な超過であった。七十と言うよりも、六十と言うと、少し若い気持ちがしてこのように答えたのだった。人の心の常である。お世辞でも、「お年よりもずっと若く見えますね」と言われると嬉しく、「随分老けて見えますね」と言われると、不安で残念に思うのは、誰でも同じである。

このような人間の心をよくよく考えてみると、人間の心に染みついた執着はなくなりがたく、このかりそめの身体を惜しみ、住んでいる所にも心が残り、妻子や眷属も含め、あらゆることに執着するため、老いも病も死も、恐ろしく疎ましく思えるのだろう。死は逃れることができず、妻子眷属といつまでも一緒にいられるわけがない。人間とは、夢のようにはかなく、各人の業にまかせて散り散りになるべき存在なのである。

〔巻八の四「老僧の年隠したる事」〕

本来、無常をわきまえているはずの僧が、年をごまかした笑話である。在家人の女性が、というならまだわかるが、男性の老僧がこのような年齢のさば読みをしたところに二重の面白さがあるし、老いへの抵抗感が老若男女、古今を問わないことがよくあらわれている。無住は老いをどのように捉えていたのだろうか。

老は八苦の一つであり、すべてにつけて昔と変わり、身は苦しく、うまくいかないことばかりが多い中で、人に嫌がられ憎まれ、笑われる。〔『雑談集』巻四「老人用意事」〕

ある人の母は、年をとって性格が悪くなり、偏屈になり、子とけんかをして、しょっちゅう家出をしていた。いくら母でもうとましく思ったので、子が、「どうしたら早く死ぬだろうか」と言った。今子までがこのように嫌うのである、ましてや他の人はいかばかりか。老人は、ただ心穏やかに、今一度幼子のようになって、心の底からぼーっとして、穏やかで正直であれば、滅多に人も憎み、うとましく思うこともないであろう。〔同前〕

老いは八苦《はっく》（生《しょう》・老《ろう》・病《びょう》・死《し》の四苦《しく》に、愛別離苦《あいべつりく》・怨憎会苦《おんぞうえく》・求不得苦《ぐふとくく》・五陰盛苦《ごおんじょうく》を加えた八種類の苦しみ）の一つである。自分自身、身体が思うようにならず苦しいうえに、周囲から倦厭《けんえん》されることにもなる。現在でも、「老いることは、もう一度子どもに戻ることだ」という言葉を聞くことがあるが、無住の考え方に通じるものがある。

ただ人間とは、歳をごまかしても、あらがっても、確実に老いて死んでいく存在である。無住は人間とは夢のようにはかなく、やがては離散する存在であると述べるが、そのような考え方を、中国の『法《ほう》苑珠林《おんじゅりん》』（唐僧の道世《どうせ》が編纂した仏教資料集）に類話がある次の話からも確認しておきたい。

昔、仏法を求める僧がいた。ある山中を行くと、二人の山人がおり、その一人は畑を耕している。父子であろう。すると、その子が毒蛇に噛まれて急死してしまった。父親は嘆く様子もなく、僧に向かって、「あなたが歩いていかれる道のそばに私の家がある。そこから食事を持ってくるはずなので、『たった今、子どもが急死した。食事は一人分でよい』とお知らせ下さい」と言った。僧が、「父と子の別れは悲しいだろう。なぜ悲しまないのか」と聞くと、「人間の親子の縁は、はかないものだ。鳥が夜、林に集まり、朝になると方々へ飛び去るようなものである。みな、業にしたがって離れ別れていくのであり、嘆くことなどない」と答えた。

さて、その山人の家に行くと、門のところで、食事を持った女性に出くわした。子細を告げると、「それなら」と言って、一人分の食事を戻した。家の中には老女がいた。僧が、「あの死んだ人は、あなたのお子さんか」と聞くと、「そうだ」と答えた。「どうして悲しまれないのか」と聞くと、「何を嘆くことがありますか。母と子の縁は、川を渡るために船に乗っていき、岸に着いたら、別れ別れになるようなものである。各人の業にしたがって行くのであり、驚くことではない」と言った。

また先ほどの女性に、「死んだ人はあなたにとって、何にあたるのか」と聞くと、「私の夫である」

と言うので、「どうして悲しむ様子がないのか」と聞くと、「何を嘆くことがありますか。夫婦は、市に出かけた人たちが、たまたま会って、用事が済んだら方々へ別れるようなものである。最後まで連れ添うようなものではない」と言ったので、この時僧は、「一切の因縁は仮のものであり、執着してはならない。在家の人でさえ、それを心得ている」と、恥じる心が起こって、諸法の因縁が幻化虚妄《げんけこもう》であることをきっかけとして、悟りを得たということだ。〔同前〕

父子、母子、夫婦の因縁を、それぞれ、「夜の林に集まり、明朝飛び立つ鳥」、「同船して、岸に着いたら別れる人」、「市場でたまたま出会って、用事が済んだら別れる人」になぞらえている。いずれも、この現世でかりそめに深い縁を持っても、やがては個人の業にしたがって離れていく存在だということである。人間をこの世につなぎとめる未練は、人や物に対する執着心から生まれるものであるが、なかなかその執着を捨てることは難しく、欲にまかせて生を謳歌しているうちに、死という人生の終わりを迎えることになる。身近に死を強烈に意識する経験でもないかぎり、日常で自らの死を意識することは難しい。次話はそのような人間の普遍的な性《さが》をよくあらわしている。

鎮西に、土佐の寺主《じしゅ》という僧がいた。知人の僧に会って、「私は長年、『念仏も申すまい、一切の善根も積むまい』と思っておりましたが、最近、『念仏を申し、善根を積むことにも励もう』と考えております。というのは、普段は自分が死ぬだろうとはまったく思えず、『死にそうになったら、来世のためのおつとめをすればよい』と思って過ごしておりましたが、『自分も死ぬのではないか』と思わせる不思議なことがあるのです。そのわけは、父が亡くなりました。母も亡くなりました。伯父と伯母、また兄の左衛門尉も亡くなりました。一家ことごとく死んで、次は自分の番かと思うのです」と言った。

この僧は賢明な人で、世の中の人の心の有り様を言いあらわしているだろう。本当に、あらゆる人間がわかった顔をして、実はわかっていないのが、死である。本当に死をわかっていれば、五欲を満たす財物・利益もどうでもよくなり、黄泉《よみ》の路を行くための資糧を用意するだろう。ほんの近くに行こうとしても用心して出かけるのに、まして包んだ食料もなく、頼りになる連れもなく、遙かなる死出の旅路へ近づくことを思えば、万事を忘れてその用意をするべきなのに、口では無常の道理を言い、わかったような顔をするが、心ではずっと生きていられると思い、百年でも生きるつもりでしっかりと財をため込む。白髪頭で、しわだらけの顔で、一生は尽きても欲望は尽きないのが、人の心の常なのである。無常をわきまえているかそうでないかは、執着心があるかないかで分かれる。口先で言うのをあてにしてはならない。

〔巻八の五「死の道知らざる人の事」〕

実際に家族や親戚に不幸が続くと、次は自分の番ではないか、と思うのは昔も今も変わらない。できるだけ長生きをして、苦しまずに死にたいと願うのは当然なのだが、日常から極楽往生を願い修行を続ける僧であっても、とっさに「死にたくない」という本音が出てしまうことがある。この世への執着を完全に捨て、極楽往生を願うのは、一筋縄ではいかないのである。

伊豆山に浄土房《じょうどぼう》という学生がいた。その当時の二和尚《わじょう》であった。もう一人の和尚が重病になったので、浄土房が見舞いに行ったところ、「私が死ぬことをとても嬉しく思っているだろうね」と言われた。「どうしてそんなことを」と言うと、「一和尚になれるからだよ」と言われた。別当《べっとう》などもいなくて、一和尚がその地位にあったからである。浄土房はもとから大きな道心がある僧でもあったので、さげすまれたことを心外に、恥ずかしくも思い、「この老僧が生きているうちに遁世しよう」と考え、そのまま弟子に自房を譲って、崖に小さな庵を建て、後世菩提《ごせぼだい》の行を怠らなかった。

ある時、長雨が続き山が震動し、崖崩れが起きて、庵はそっくり埋まってしまった。弟子たちが慌てて騒いで、「今となってはどうしようもない。せめて遺体を取り出して供養しよう」と土を掘って見たところ、庵は土砂のため壊れて跡形もなくなっていたが、浄土房は無事で座っていた。弟子たちはあまりの意外さに、うれし涙を流し続けた。

浄土房はふさぎ込んでいる様子で、「ひどい損をしたものだよ、お前さん」と言う。「何の損がありましょうか。お命が助かったことこそ悦びではありませんか。損とは、庵のことですか、ご本尊が壊れたことですか」と聞くと、「そのことではない。幼少の時から、観音の名号を念ずれば、このような災難や不慮の死をまぬがれることができると思い続けてきたので、とっさに『南無観世音』と一声唱えてしまった。命は助かったが、同じ瞬間に、『南無阿弥陀仏』と唱えて往生するべきであった。無駄に命が延びて、このつらい世に長らえることは、本当の損をした気分だ」と言って涙を流すので、弟子たちもみな、涙で袖をしぼったのであった。
深く仏道に思いを込めて、この世も自分の身も惜しまず、早く浄土へ行きたいと急ぐ心が本当にあったからであろう。うらやましく、貴いことだと思う。ついにめでたく臨終を迎え、往生したと申し伝えている。

〔巻十本の一「浄土房遁世の事」〕

第二節　極楽往生への道

1　奇瑞の出現

中世の人々は、死後の世界を強く信じていた。この世で善行を積み、仏に信心をよせて極楽往生することが人生の目的でもあり、反対に悪事ばかりを働き、仏法と縁のない生活を送れば、それぞれの罪の重さにしたがって輪廻転生し、最悪、地獄に堕ちると考えていた。欲望に任せて生を謳歌すれば、地獄行きは速やかなのだが、細心の注意をもってしても、最期の瞬間まで気を抜けないのが極楽往生への道である。臨終はまさに人生のクライマックスであり、往生の証は様々な奇瑞《きずい》（不思議な現象）として第三者に認識された。紫雲がたなびき、かぐわしい香りがただよい、妙《たえ》なる音楽が聞こえるというのが、往生の典型的な証拠とされたが、それらは平安時代以降、往生伝というジャンルにおいて集中的に記録として残されたのである。

往生伝とは、極楽往生を遂げた人々の伝記であり、平安時代に盛んに作られた。慶滋保胤《よししげのやすたね》の『日本往生極楽記』、大江匡房《おおえのまさふさ》の『続本朝往生伝』、三善為康《みよしためやす》の『拾遺往生伝』・『後拾遺往生伝』、蓮禅《れんぜん》（藤原資基《すけもと》）の『三外《さんげ》往生伝』、藤原宗友《むねとも》の『本朝新修往生伝』が知られており、述作者は文人貴族が中心であった。平安時代から鎌倉時代に移行する頃、如寂《にょじゃく》（日野資長《ひのすけなが》）による『高野山往生伝』が編まれ、鎌倉時代には昇蓮《しょうれん》の『三井往生伝』、行仙《ぎょうせん》の『念仏往生伝』が作られたが、散佚した可能性を含めても、平安時代に比して数は圧倒的に少なくなった。編纂も僧侶の手になるものが多く、高野山や三井寺といった個別の場所や、法然の浄土宗関連など、寺や宗に限定した往生者の伝記に集約されていくことも特徴的である。かつて、中世は往生伝の暗黒時代といわれた時もあり、平安末期から鎌倉時代に多く作られた仏教説話集に、その役割が移行したとの見方もある。歴代の往生伝を通観すると、もとは往生者の内面に踏みこまない、奇瑞を記すことを目的とした簡潔な伝であったが、時代を経るごとに、往生者の発心の理由や修行内容、心の機微にまで関心が広がり、記述内容も豊かになっていく。それはまさに仏教説話集が得意とするところであるから、仏教説話集編纂の隆盛が、往生伝の役割を小さくした面は確かにあるだろう。江戸時代にはまた多くの往生伝が編纂されるが、形骸化したものが多く、浄土宗や浄土真宗の僧侶が一般庶民に読ませるために書いたものが中心となっていく。

人が往生する時は、極楽から阿弥陀仏が二十五尊の菩薩を引き連れて迎えにきてくれると考えられていた。これが聖衆来迎《しょうじゅらいごう》であり、現代の我々が「お迎《むか》え」と考えるものの元祖でもある。知恩院の「阿弥陀二十五菩薩来迎図」のように、阿弥陀仏を中心とした華やかな一行が空から降下し、今まさに臨終を迎えようとする人を迎えとる様子が盛んに絵画化され、来迎図の菩薩たちはその手に様々な楽器を持ち、雲の上をすべるように降りてくる。往生伝が好んで記す紫雲や良い香り、すばらしい音楽は、まさにこの阿弥陀仏と二十五尊の菩薩たちがやってきたことにともなう不思議な現象なのである。

無住は極楽往生に強い関心を持ち、本人も当然ながらそれを望んでいたが、往生にともなう奇瑞を描くことには熱心ではない。その中で珍しい例としては次の話があるだろう。

上野国山上《こうずけのくにやまかみ》という所に、行仙房《ぎょうせんぼう》という、もとは静遍僧都《じょうへんそうず》の弟子であった真言師がいた。近ごろは念仏の修行者として、尊い上人といわれていた。去る弘安元年の入滅に際して、行仙は前の年から、明年死ぬだろうこと、病気になる日、入滅する日まで日記に書いて、箱の底に入れておいた。弟子はこれを知らず、行仙の没後に開いて見ると、まったくその通りであった。行仙は普通の念仏行者のように、念仏を数遍《すへん》唱えることもなく、もっぱら心に阿弥陀仏を観想して、すべてに執心がないように見えた。説法も強く希望する人があれば、粗末な小さい僧衣を脛《すね》の上までまくり上げて着て、木切刀《きりがたな》を腰に差しながら行い、布施をすると拒むこともなく、使うこともなかった。よそから欲しい物は取り散らしていた。

世良田《せらだ》の明仙《みょうせん》長老と、いつも仏法について語り合っていた。宗の風儀も気にかけていると思われた。ある人が、「念仏を申す時、妄念の起こるのをどうやって断ち切ったらよいでしょうか」と質問すると、次のように答えた。

跡もなき雲に争ふ心こそ　なかなか月の障りなりけれ

（実体のない雲が月を見る障りになるように、心の中の様々な思いにとらわれることが、かえって真実を悟る障りになるのだ）

臨終の様子は、端座《たんざ》して遷化《せんげ》した。紫雲がたなびいて、庵の前の竹にかかった。紫の衣で覆ったかのようだった。音楽が空に聞こえて、かぐわしい香りが部屋中に満ちた。見物人が大勢集まった。葬儀の後見ると、灰が紫色で、仏舎利《ぶっしゃり》が数粒、灰に混じっていた。行仙の弟子が語ったことは、世間の噂と違わなかった。仏舎利は自分自身で見た。まさに仏舎利であった。この行仙の様子は、実にうらやましいことだ。

〔巻十末の十三「臨終目出き人々の事」〕

行仙は先に触れた『念仏往生伝』の作者と目される人物である。彼が昵懇《じっこん》であった明仙長老は上野国の世良田長楽寺の長老であるが、長楽寺は無住自身が修行をした寺である。世良田義季《よしすえ》を開基、栄朝を開山として承久三年（一二二一）建立された臨済宗の大寺であった。世良田義季は得川（徳川）義季とも呼ばれ、後に徳川家康によって徳川家の遠祖とされた。そのため徳川氏の帰依が厚く、天海が入寺後は天台宗に改宗され、現在に至っている。栄朝は臨済宗の開祖栄西の弟子であり、東福寺の円爾は栄朝の弟子である。その法系に連なる無住にとっては縁深い寺であり、行仙の舎利を実際に見たとの言葉も頷ける部分がある。行仙の臨終は、聖衆来迎の奇瑞の典型例であり、骨が紫色で仏舎利まで混じる、という大往生であった。ただここまで奇瑞を明確に記すことは、無住にとって珍しいことなのである。

2 魔往生

立派な極楽往生には憧れるが、それにともなう奇瑞をあまり描かないのはなぜなのか、その問いにヒントを与えてくれそうなのが魔往生《まおうじょう》である。魔往生とは、基本的には、魔性として転生することをいうが、それだけではない複雑な要素を内包した概念である。

末代では、多くの人が往生したとばかり言い合っている。悪人の中でも往生する人がいることを聞いて、「悪人も往生する。悪業を恐れる必要はない」と言う。これにより、「末代には魔往生があるだろう」と言う。悪人であっても、心を改めて十念をも唱え、宿善《しゅくぜん》を開発して誠の往生を遂げることもあるだろう。しかし宿善がなく、正念を保たず、誠実な心もない者が仰々しく往生するのは、怪しむべきなのだ。心を改めて往生するのは、教門（仏の教え）の許すところである。悪人というべきではない。善人でも妄念があって、悪い臨終を迎えることもあるだろう。これはまた善に力がなかったわけではなく、妄念の方が強かったからである。この道理を信じて、因果を乱してはならない。

〔巻十本の十「妄執に依りて魔道に落つる人の事」〕

悪人往生について無住の見解が知られる部分である。悪人往生は認められているが、この悪人とは、思うままに悪事にふけった人ではない。改心して、宿善（前世で積んだ善根）を開き、誠実な心で阿弥陀の名号を唱えなければならない。無住は悪人が往生するには宿善が必要であることを度々説いており、いわゆる悪人正機説を唱えた親鸞の思想とは一線を画す立場であった。

中ごろ、才覚も優れ、賢人と評判の、某《なにがし》の宰相《さいしょう》とかいわれていた人がいた。出家して高野山に隠居して、主に念仏の行をしながら真言なども学び、道心者《どうしんじゃ》として評判だった。普段から、「最期の時に念仏を唱えるための準備として、ひと通りの数遍はその時々によるべきである。まさに臨終という時の十念《じゅうねん》は、どうにかして心を澄まして唱え、第十の念仏一反《いっぺん》を殊更《ことさら》に声を打ち上げて、思いをこめてのびのびと申して、そのまま息を引き取りたい」と願っていたが、その願いと少しも異なることなく、念仏して息を引き取ったのだった。

その後一、二年経って、同法の僧が物狂わしくなり、某の宰相とそっくりな声色で話し始めた。同法の僧たちは意外に思って、「めでたいご臨終でしたので、往生なさったと安心しておりましたのに、どのようなわけでこのようになっていらっしゃるのですか」と聞くと、「長年強く思い、願っていたことなので、十念は唱えたけれども、妄念が残って、往生し損なってしまった。近ごろの御政治の濁っていることが常に心に引っかかり、『自分がその官職にあり、それを取り仕切って直せば、いくら何でもこれ程のことはないだろう』などと無意味なことを、ややもすれば心の中だけで

人には知られない妄執が忘れがたくて、このようなつまらない道に入ってしまったのだ」と語った。〔同前〕

常陸国真壁《まかべ》の敬仏房《きょうぶつぼう》は、明遍《みょうべん》僧都の弟子で、道心者という評判だったが、高野山の聖人《しょうにん》の臨終を「良い」と言うのも、「悪い」と言うのも、「そうはいっても、心の中はわからないものだ」と言われた。その通りだと思われる。

高野山にいたある聖人は、「弟子がいれば、表面上は往生を遂げたということになるだろう。後世（来世）こそ恐ろしいものよ」と言った。子息・弟子・父母・師長の臨終が悪いことをありのまま言うのも気の毒に思って、たいていは良いように言ってしまうのは、無意味なことである。悪ければ悪いと言って、自分でも懇《ねんご》ろに菩提を弔い、よその人も憐れみ弔うことこそが、亡魂を助ける因縁となるだろう。〔同前〕

高野山の遁世聖たちが臨終を迎える時は、同法たちが寄り合って評定《ひょうじょう》するが、並大抵のことで往生する人はいない。ある時、端座合掌《たんざがっしょう》して、念仏を唱えて息絶えた僧がいて、「これこそ間違いない往生人だ」と評定したが、木幡《こはた》の恵心房上人《えしんぼうしょうにん》は、「これもまた往生ではない。本当に来迎にあずかり、往生する程の者は、日ごろ見苦しいような顔つきでも心地よさそうになるはずだ。だがこの人は顔をしかめて恐ろしげな顔つきをしている。魔道に入ったに違いない」と申された。〔同前〕

これらはすべて魔往生に関連する記述である。他人が見ている限りでは、理想的な臨終を迎え往生は疑いないと思っていても、当人の心の内まではわからない。往生できるかどうかは内面の妄念の有無にかかっている。またよろしくない臨終であっても、それを不憫に思う周囲の人がとりつくろって、「立派な最期でした」などと言うのはよくあることで、往生したか否かの判断は大変複雑で難しいものなのである。真壁の敬仏房や木幡の恵心房は、無住のよく知る人物であり、魔往生への恐れや警戒が、身近な関心事であったことがわかる。

ただ、次の世に魔性として転生するのが魔往生であるならば、なぜ魔転生《まてんしょう》と呼ばないのか。そこには魔往生の有するもう一つの側面、魔物が偽《にせ》の聖衆来迎を演出して迎えに来る、という要素があるからである。説話集において、偽来迎する魔物の正体はほぼ天狗である。我執と驕慢にふけった学僧は、死後天狗になることは既に述べたが、その天狗道へ誘う典型的な魔往生を示すとして著名なのが、伊吹山《いぶきやま》の僧の話である。概略を示すと次のようになる。

美濃国伊吹山で久しく修行していた僧がいて、ただひたすら念仏を唱えて歳月を送っていた。ある深夜、仏像の前で念仏を唱えていると虚空《こくう》から声がして、「お前はよく私を頼りにしているから、明日の午後二時に必ず迎えにこよう。念仏を絶やすなよ」と言われた。僧は嬉しくて、弟子と共に準備をして念仏を唱えていると、金色にきらめく仏がやって来て、観音菩薩が差し出した蓮華の台座に僧を乗せた。あたりには紫雲が厚くたなびき、そのまま西の方へ消えていった。弟子たちは涙を流して僧の後世を弔った。
七、八日過ぎた頃、下役の法師たちが奥山に入ったところ、人の叫び声がする。見上げると遥か向こうに流れる滝に覆いかぶさるように茂っている杉の木に、誰かが裸で縛り付けられている。近寄るとなんとあの往生したはずの僧であった。縄をほどこうとすると、「阿弥陀様が迎えに来るからここで待っていよ、と言ったのに、なぜほどくんだ、人殺し」と叫んだが、かまわず坊舎へ連れ帰った。正気も戻らないまま、二、三日後に僧は死んだ。智恵のない聖は、こうして天狗にだまされたのである。

〔『宇治拾遺物語』巻十三〕

本話は相当流布したようだが、語り口が『今昔物語集』・『宇治拾遺物語』と、『真言伝』・『十訓抄』の二つに大別される。僧を三修禅師と明記するのは『今昔物語集』と『真言伝』だが、『今昔物語集』と『宇治拾遺物語』では偽来迎の記述が詳細で、魔往生譚としての色合いが濃くなっている。天狗に代表される偽来迎、魔往生は、伊吹山の僧はもとより、弟子たちもすべてだまされるような巧妙さであった。来迎が確認されても、その主が阿弥陀仏であるのか魔性であるのか、即断できるはずもなく、その疑いが、無住の来迎を重視しない姿勢へと繋がっていると思われる。

無住が奇瑞を描くことに積極性を示さないのは、それが魔往生である可能性を危惧しているからであろう。同時に人の内心ははかりがたいものであるため、こちらも妄念があるのかないのか、外部からは判断できない。悪人の宿善を重視するのと同様、自身の心は自身にしかわからないため、真の極楽往生のためには、来迎や人の判断にとらわれない自らの心の鍛錬を一貫して促していくのである。ただその鍛錬は、一朝一夕でなるものではない。たゆまぬ努力、そしてトレーニングが必要なのである。

3　往生トレーニング

丹後国《たんごのくに》鳧鴨《ふこう》という所に上人がいた。極楽往生を願って、万事を捨てて臨終正念のことを思い、聖衆来迎の儀があることを願っていた。せめてその志を楽にしようとして、「世間では、正月の初めは願い事を祝い事にする風習があるので、私も祝い事をしよう」と思って、大晦日《おおみそか》の夜に、一人召し使っている小法師《こほうし》に、書状を書いて渡した。「この書状を持って、明朝元日に門を叩いて、『申し上げます』と言いなさい。その時、『どこから来たのか』と聞いたら、『極楽から阿弥陀仏のお使いで来ました。お手紙がございます』と言って、この書状を私に渡しなさい」と、外へ遣わせた。

翌朝、上人の教えのように言って門を叩き、約束のように問答した。上人はこの書状を慌てふためいて、はだしで出て行って受け取り、頂戴して読んだ。「現世はあらゆる苦しみに満ちた世界である。早く厭離して念仏して善行を積み、私の国に来なさい。私は聖衆と共に来迎しよう」と読みながらさめざめと泣く。これを毎年怠らなかった。

丹後国の国司が下向してきて、このような上人がいることを知った。国司は大変喜んで上人と会い、「何でもおっしゃって下さい。結縁したいのです」と申し上げると、「遁世の身であります。何の願いもありません」と答える。「事情は変わっても、人には必ず望みがあるものです」と強いて申し上げると、「迎講《むかえこう》と名付けて、聖衆来迎の装いをして、心を慰め、臨終の馴《な》らしにしたいと思います」とおっしゃった。そこで仏菩薩の装束など、上人の望みのままに調え送られた。そうして、聖衆来迎の儀式、臨終の作法などを長年に渡ってよく馴らし、思い通りに、臨終の時も来迎の儀によってめでたく終わった。これを迎講の始まりという。天橋立《あまのはしだて》で始まったともいう。

また恵心僧都《えしんそうず》は、脇息《きょうそく》の上で箸を折り、「仏の来迎」といって引き寄せ引き寄せして、考え始められたという説もある。

本当に物が好きでその道を好んでいる人は、寝ても覚めてもそのことで心がいっぱいである。「習うよりも先になければ、懐念《かいねん》（心に思っている考え）はどこにあるというのか」という。よく慣れておくべきなのが、臨終正念の大事なのである。それなのに世間の人は、往生を願う様子がありながら、朝夕することに慣れ、思い慣れていることがあるのは流転生死の妄業である。正念現尊《しょうねんげんそん》（正念で臨終を迎え、諸尊が現れること）の儀をこそ慕うべきではないか。〔巻十本の九「迎講の事」〕

臨終を迎え、真の聖衆来迎があった時にうろたえず正念に住し、滞りなく往生を遂げる、その練習を長年に渡って行っていた上人の話である。本話は人が仏菩薩に扮して聖衆来迎を演じる迎講《むかえこう》の起源譚にもなっており、天橋立説、恵心僧都説にも言及しているが、『今昔物語集』に載る類話では、恵心僧都に学んだ寛印供奉《かんいんぐぶ》の話とされている。迎講は練供養《ねりくよう》、来迎会《らいごうえ》などとも呼ばれ、現在でも奈良県当麻寺《たいまでら》の

「聖衆来迎練供養会式《しょうじゅらいごうねりくようえしき》」、岡山県弘法寺《こうぼうじ》の「踟供養《ねりくよう》」、東京都浄真寺《じょうしんじ》の「二十五菩薩来迎会《にじゅうごぼさつらいごうえ》」などでその面影を見ることができる。

ある山寺に上人がいた。道心が深く、この憂き世に心をとめることもなく、一刻も早く極楽へ行こうと思った。そのため入水《じゅすい》して死のうと思い立ち、修行仲間の僧に相談して、舟を用意して湖に漕ぎ出していった。この上人は、「臨終は一生で最も大切なことである。普段し慣れたことでも誤りを犯したり、失敗したりする。往生の大事や臨終の作法は、いまだ経験したこともないので、どのようなものかと心配だ。水に入った後も、妄念や妄心があって、命も惜しく、余念が交じったら往生できるかどうかわからない。そこで水に入った後、もしまだ生きていたいと思うようなことがあったら、縄を引こうと思う。そうしたら私を水から引き上げて下され」と言って、自分の腰に縄をくりつけ、念仏を唱えて水に飛び込んだ。しみじみとしていると、水の中から縄を引っ張ったので、引き上げた。上人はびしょ濡れで舟に上がってきた。仲間は納得できなかったが、約束なので何も言わなかった。すると上人は、「水の中で苦痛があり、妄念が起きたので、この心ではよもや往生できまいと思って、上がってきたのだよ」と言った。

何日か経って、今回は大丈夫だろうとまた舟に乗って湖に出た。また前のように水に飛び込んだ後、腰の縄を引っ張ったので、水から引き上げて帰った。またその後も繰り返し、二、三回慣らして、水に飛び込んだ。またいつものように縄を引くだろうと思っていると、飛び込んだのに縄を引かない。そのうち空の中に音楽が聞こえ、波の上に紫雲がたなびいた。あまりのすばらしさに、周りの者は喜びの涙が止まらなかった。

本当に、名聞や我執の心から往生すべきではない。真実の信心があってこそ、往生の素懐も遂げることができよう。頸《くび》くくり上人とは大違いだ。よくよく慣らして往生したのは、大変賢明なことである。

〔巻四の六「入水したる上人の事」〕

先の迎講は、聖衆来迎の儀式を繰り返し、臨終時の心を乱さないためのものだが、こちらの上人はよりストイックに入水《じゅすい》を繰り返している。いくら早く極楽へ行きたいとはいえ、自ら入水するなど、現在では自殺行為以外の何物でもない。ただ当時は、極楽往生のために積極的に心身を捧げる僧がいた。入水以外にも、身燈《しんとう》（焼身）や補陀落渡海《ふだらくとかい》（わずかな水と油を持ち、舟に乗って南方の海へ漕ぎ出していく。死の先に観音菩薩の補陀落浄土へ行くことを願う。熊野の「那智参詣曼荼羅《なちさんけいまんだら》」にその様相が描かれている）など、現在の価値観からは外れているが、これらを行う僧の周りには大勢の人々が押しかけた。僧の極楽往生に結縁《けちえん》することで、自らの往生をより確実なものにしようと願ったのである。ただこのような行為を、真の仏道心からではなく、自らの名誉や利益のために行う僧もいた。本話と比較されている「頸《くび》くくり上人」とは、頸をくくって往生を遂げようと豪語した僧が、撤回したくなったが状況的にそれができず無理に実行したところ、死後魔道に堕ちてしまった話で、後に菊池寛が本話をもとに『頸縊《くびくく》り上人』という小説を書いたことでも著名である。

無住の考える往生とは、真の仏道心を持ち、日々そのための練習に励み、全ての妄念を廃して、一点の曇りもない澄みきった心でこそ初めて可能になるものであった。来迎の有無に代表されるような、他者の認識や評価は二次的なものであり、あくまでも、自心をいかに制御できるかにすべてがかかっていたということなのである。

第七章――鎌倉幕府と東国武士

第一節　鎌倉殿をめぐって

1　頼朝と梶原一族

①梶原景時

仏教説話集という『沙石集』のイメージからは少し遠いかもしれないが、無住は世の中の政道にもひとかたならぬ興味を寄せている。第六章（146頁）の話について、「真の仏道に入る時は、法執といって仏法を愛することまでもが道の障りとなる。ましてや夢の世の仇《あだ》となる政治は気にかける価値もない」と言っている彼にとっては、自己矛盾ととられるかもしれないが、鎌倉殿や東国武士、特に北条氏について、熱心に話を集め語っている。鎌倉殿とは鎌倉幕府の棟梁《とうりょう》の意味であり、鎌倉幕府そのものを指すこともある言葉であるが、中でも頼朝に着目すると、まず次のような話がある。

世の中が平氏の世から源氏の世へと移り変わる節目のとき、京のしかるべき地位にある人々は、鎌倉へ色々と申し上げたけれども、鎌倉殿は一切取り合われなかった。その中で、大納言吉田経房《よしだつねふさ》は、家の門を閉じて引きこもっていらっしゃったが、鎌倉殿は彼が賢人だとお聞きになられて、京のことは、以後すべて経房と相談するとおっしゃった。天運によって福が来たのである。心が清いゆえに得た果報によって、吉田の家は後々まで久しく保たれた。〔巻十本の三「宗春坊遁世の事」〕

平家が壇ノ浦に沈み、権力の担《にな》い手が源氏に移ると見るや、それまで平氏に従っていた都の貴族たちが次々と頼朝に接触をはかってきた。その中で毅然《きぜん》と家に蟄居《ちっきょ》し続けた経房は、欲に根ざす軽挙に出なかったことがかえって頼朝の関心を引き、家の存続と栄誉につながったという。頼朝に引き立てられた経房は、その後、朝廷と頼朝の仲を取りもち、権大納言にまで昇進し、家系も後世まで続いた。『吾妻鏡』では、頼朝が経房を「廉直《れんちょく》な貞臣《ていしん》」と評している。ただ平清盛に見込まれ、平氏政権でも実務官僚として順調に昇進していた経房が、なぜ突然頼朝の厚い信頼を得るに至ったのか、その謎が本話のような形で残されたのだろう。経房自身が運を引き寄せ、その心の清さが果報を生んだとするが、そんな経房の真価を見出した頼朝も、慧眼《けいがん》の持ち主といえるかもしれない。同時に風雅を解する頼朝の一面が垣間見えるのが、次の話である。

鎌倉右大将家（源頼朝）は、御狩《みかり》の時、狐が走り出てきたのをご覧になって、

白けて見ゆる昼狐かな

と。「梶原付けよ」とおっしゃったので、

契りあらば夜こそこんといふべきに

と。

奥州征伐の時、頼朝が名取河《なとりがわ》で、

頼朝が今日の戦に名取河

と。「梶原付けよ」とおっしゃったので、

君もろともにかちわたりせむ

〔巻五末の二「人の感有る和歌の事」〕

頼朝と梶原景時の間でなされた連歌である。狩の際、頼朝が、「しらけて見える昼の狐だなぁ」と言うと、景時が、「約束したならば、夜にこそこん（狐の鳴き声コンと来んの掛詞）と言うべきなのに」と付ける。また奥州藤原氏討伐の折、名取川を渡ろうとして、頼朝が、「頼朝は今日の名取川の戦で名をあげようぞ」と言い、景時が、「主君であるあなたと共に徒歩《かち》で川を渡り、勝ちましょう」と付ける。前者については、『菟玖波集《つくばしゅう》』では『沙石集』同様、頼朝と景時の連歌になっているものの、『曽我物語《そがものがたり》』（大石寺本）巻五では、頼朝が信濃国三原で狩を行った際、突然鳴いて走り出てきた狐を見て、すかさず景時が、「浅間に鳴ける昼狐かな（ここは浅間であるのに、あさましくも朝ではなく昼に鳴く狐であることよ）」と口ずさみ、海野行氏《うんのゆきうじ》が、「忍びても夜こそこうと言ふべきに（狐というものは、そっと夜に忍んできてコンと鳴くべきなのに)」と付けたことになっている。感心した頼朝は、二人に秘蔵の馬を与えている。同じ『曽我物語』でも、仮名本では愛甲季隆《あいこうすえたか》が一人で詠んだことになっているので、様々な伝聞が存在したと思われるが、『曽我物語』は連歌が詠まれた状況も詳しく記載しているという点で、『沙石集』よりは真実味がありそうである。『沙石集』においては、何かにつけて興を感じ発句するのは頼朝、それを受けて付けるのは景時、という、景時の歌才、教養の豊かさ、そしてそれを十分に理解していて常に景時を名指しする頼朝、という典型が見られる。これを梶原氏を祖とする無住の贔屓目《ひいきめ》か、と見てしまうところでもあるが、『吾妻鏡』にも、また別の状況でなされた頼朝と景時の連歌が見られる。『沙石集』では、東国武士の中にあって、都の文化にも通じ、そつなく頼朝の相手ができる教養人景時、というイメージが浮かんでくる。

②梶原景茂

この景時の歌才は、彼個人に収まるものではなく、梶原一族に受け継がれていくものであった。景時の息子景茂《かげもち》に関する、次のような話もある。

鎌倉右大将家(源頼朝)の御時、京から「あやめ」という召使いの女を呼び寄せられた。十七、八歳ほどの美人であったのを、人にも見せずに隠し置かれていた。それを梶原三郎兵衛(梶原景茂)が熱心に所望したので、頼朝は、同じ年頃の見知らぬ美しい女房十人に同じ装束をさせ、並べて座

らせ、「この中で誰があやめかわかったら与えよう」とおっしゃった。景茂はまったく見分けがつかず、

まこも草あさかの沼にしげりあひていづれあやめと引きぞわづらふ

と詠んだところ、袖の乱れを少し直して顔を赤くした人がいたので、「あれがあやめです」と申しあげて、そのまま下賜《かし》されたのだった。〔同前〕

景茂は景時の三男であり、正治二年（一二〇〇）正月二十日に、駿河国狐崎《きつねがさき》で父と共に討死した。三十四歳であった。頼朝は前年に死去しており、本話は頼朝在世時の、父景時と共に頼朝に近侍していた頃のことである。景茂は、美女を並べられて誰があやめかわからず、「真菰草《まこもぐさ》が安積沼《あさかぬま》にたくさんしげっていて、どれがあやめかわからず引き抜くことができない」と詠み、顔を赤くして恥ずかしそうな様子を見せた女人をあやめと判断したのである。頼朝の難題に対して、当意即妙な和歌を詠める歌才はたいしたものであり、父譲りの才能ともいえるだろう。同時に興趣ある方法で女人を下賜した頼朝の風雅な一面も見てとれるかもしれない。ただ、このようにお目当ての女性を居並ぶ美女から秀歌によって見抜き賜るという話型は、源頼政が菖蒲前《しょうぶのまえ》という美女を鳥羽院から賜った経緯（『源平盛衰記』・『太平記』）と同様なので、登場人物を入れ替えて作話された可能性もある。『沙石集』では続いて、ある時、頼朝に誰かが苺《いちご》を献上してきた時に、「苺を題にして歌を詠め」と言われて、景茂が、「もり山のいちごさかしくなりにけりいかにうばらがうれしかるらむ（守山の苺が盛りになっているように、守り育ててきたあ

なた様が一期の盛りを迎えていらっしゃいます。苺を守ってきた茨だけでなく、乳母たちもどんなに嬉しいことでしょう)」と詠んだという話が続く。この歌は、『古今著聞集』巻六では、守山での狩の際、北条時政が盛りの苺を見て、「もる山のいちごさかしくなりにけり」と詠み、頼朝が、「むばらがいかにうれしかるらん」と付け、『菟玖波集』では、頼朝が上洛の際に守山を通り、盛りの苺を見て「連歌せよ」と命じたとある。「まこも草」の歌とあわせて、詠み手を梶原景茂としているのは『沙石集』のみであり、それが無住自身の作為かどうかはさて置き、景茂の歌才が高く評価されていることは確かである。

粗野な東国武士の中にあって、梶原一族は京文化にもなじみ、武と文の両面で頼朝に近侍した姿が『沙石集』には描かれている。そして一族の滅亡についても、無住は景時の妻の話を通して触れるのである。

建仁寺の塔が度々の火災にあいながら焼亡を免れたわけを、建仁寺の古僧が語ったことには……故梶原景時が討たれた後、彼の妻の尼公があまりに嘆き悲しんで、わけもなく世の中や人を恨んで思い沈んでばかりいたのを、建仁寺の本願僧正（栄西）が、常に教化なさっていた。「何事も自《じ》業自得果《ごうじとくか》といって、自分が作った業が報いとなって、善悪の因がそのままに、それぞれ苦楽の果報を受けるのです。世の中も人も恨んではいけません。故大将殿（頼朝）の御時、大将殿はすべての戦の謀り事を梶原殿とご相談なさったのだから、そこで人々が滅亡したのも当然そうなるべきことはいいながら、梶原殿の取り計らいです。その罪を逃れがたくて、しまいに亡くなられたのは、他人の罪と思ってはなりません。ただ恨み嘆くのをやめて、ひたすら彼の後世菩提を弔いなさいませ」とおりおり教化なさった。尼公は、「何の道理も考えられません。ただ無念と思っております」と言って、ただ嘆く心のみが深かったけれども、僧正が常に諫め教化なさったので、だんだん物事の道理を理解して、「実にもっともなことです。自業自得果の理由もその通りです。また、世間で暮らすと、何かと生死の業が積もるものですが、この嘆きゆえに、自然に遁世の身のようになって、無常を自分のこととして感じざるを得ないこともあります。夫の菩提のために仏法を営むので、現世は嘆き暮らすようなものですが、来世は頼もしく思われます。安楽に俗世で暮らしていたら、ますます罪が重なるはずです。現世の嘆きは来世の喜びだろうと思いますので、今は世をも人をも恨みません。お導き下さったあなた様の御恩こそ嬉しいことです」と言って、自らも持斎して、真言を唱えなどするうちに、内に信心があると、外にその利益があらわれるもので、幕府から大きな荘園を三か所頂戴した。僧正も来合わせて、「だから申し上げたのです。自分の心が清らかな時は、自ずと思いが神仏に通じるものです」とおっしゃった。

さて、尼公が、「亡き夫梶原は大《おお》きなる者（大変な威勢をもった者）でありましたから、罪もきっと大きいことでしょう。どのような善根を積んで、夫の苦患を助けようか」と申し上げると、「特に善根の中では、塔を建てることが最上の功徳です。この建仁寺に塔をお建てなさい」と僧正がおっしゃったので、尼公は三か所の所領の収入で、三年のうちに塔を組み上げられた。ほんの少しも他人の手を煩わさなかったのは、信心が深かったからであろう。

建仁寺は四回、火災にあったが、塔まであと三丈ほどまで火が迫り、焦げそうなほどであったが、それでも焼けなかったのは、返す返すも不思議である。建仁寺は何度も火事が続いた。棟別銭《むなべつせん》などといって、人々の心のこもっていない寄進によって造営を終えたのは、仏の心に背くものであったのではなかろうか。

〔巻八の五「死の道知らざる人の事」〕

景時亡き後、世の中を恨む気持ちでいっぱいだった妻が、栄西の教導によって恨みを解き、信心ゆえに荘園を三箇所賜り、その収入で建仁寺に塔を建てた、という話である。深く清らかな信心ゆえに、建設に人を煩わせることもなく、できあがった塔も度重なる火災の中で無事であったらしい。『沙石集』(梵舜本)ではこの妻を「鹿野《かのの》尼公」としていて、「鹿野」を「狩野」とすれば、景時と共に討たれた狩野兵衛尉の一族か、ともいうが、詳細はわからない。ただ景時の妻がもともと山城国木津荘などに独自の荘園を有していたことは確かである〔「梶原景時室消息写」平安遺文四二四七〕。また景時の次男である景高の妻は政子お気に入りの官女であり、尾張国野間・内海などの所領を有していた。狐崎での一戦で夫が討死した後、恐怖の思いで隠れ住んでいたが、それまで通り所領が安堵された、という記事が『吾妻鏡』(正治二年六月二十九日条)に見える。一族は誅殺されても、その責が女性にまで及ぶことは避けられたと思われ、本話にも真実が含まれていると考えられよう。

ここで栄西は、頼朝の在世時に多くの人が死に追いやられたのは、景時との相談、景時の取り計らい、と述べている。これは後世の、景時の讒言による多くの人の死、というとらえ方にもつながり、一見景時の言動を非難しているかのように思われる。実際、「自業自得果」という言葉も使用しているので、栄西自身は非難の意を込めていたかもしれないが、無住も同じくここで景時非難をしていると解釈するのは少し早計かもしれない。ここで無住は、頼朝が全ての戦の計略を景時との相談によって決めていたこと、他の御家人の誰よりも、景時は頼朝から絶大な信頼を置かれ、政治の中枢で物事を差配していた、という景時の立ち位置を見つめているのではないだろうか。それは妻が、「故梶原、大きなる者にて侍りしかば」と述べることにも呼応していると思われる。この「大きなる者」という呼称は、無住は著作の中で、梶原景時と北条貞時にのみ使用している。慈円も『愚管抄』において、頼朝の挙兵について語る際に、「梶原平三景時、土肥次郎実平、舅の伊豆の北条四郎時政をひきつれて東国平定を目指した」と書き、景時の名を最初にあげている。景時個人についても、「一の郎等《ろうどう》と思ひたりし（第一の郎等と思われていた）」、「鎌倉の本體《ほんたい》（根本）の武士」と評しており、頼朝にとって最も頼りにされた最側近で、鎌倉を代表する武士だととらえられていたことがわかる。無住が生きたのは、源家将軍三代の世もはるかに遠のいた、北条氏全盛の時代である。ただしその北条氏は、頼朝との姻戚関係によりのし上がり、他の御家人を次々と粛清して権力を掌握したにすぎず、頼朝に文武両面で頼られていた梶原氏の威勢にもともとは比ぶべくもない存在であった。ともすれば今の北条氏の治世は、梶原氏のものだったかもしれない……梶原氏末裔としての燻《くすぶ》る想いを、感じる一話ではないだろうか。

2　東国武士の諸相

①葛西清重と江戸重長

吉田経房や梶原一族との絡みにおいて、頼朝は人を見る目と風雅を解する持ち主として描かれていたが、一方で厳しい一面を見せる時もあった。

故葛西の壱岐前司《いきのぜんじ》（葛西清重《かさいきよしげ》）という人は、秩父氏の末流で、武芸の道で世間に認められた人であった。和田左衛門（和田義盛《わだよしもり》）が世を乱した時、葛西兵衛といって、荒武者で鬼のように恐ろしい和田一族を駈け散らした武士だった。心も勇猛で、情けもあった人であった。

故鎌倉の右大将家（源頼朝）の御時、武蔵国の江戸氏の所領が、事情があって没収され、葛西に与えられたところ、葛西は、「御恩を蒙りますのは、親族の者たちを世話するためです。我が身一つはどのようにでもなります。江戸とは以前から親しくしております。間違いがあったのでしたら誰か他の者にお与え下さい」と申し上げた。頼朝が、「どうして受け取らぬのだ。受け取らないのなら、お前の所領も没収するぞ」と叱りつけても、「ご勘当を受けるのは、運の窮まりということでございましょう。どうしようもありません。そうかといって、頂くべきではない所領を、どうして頂くことができましょうか」と申し上げると、頼朝はさすがに江戸の所領も没収されなかった。

上代は君主も臣下も仁義、情けがあった。末代は父子・兄弟・親類が恨み敵対し、訴訟をして、土地の境界や財産を争うこと、年をおって世間に多く聞こえるようになってきた。

〔巻七の四「芳心ある人の事」〕

葛西氏は下総国葛西郡を本拠とした秩父平氏の一流である。江戸氏もまた秩父平氏の一流であり、江戸郷を本拠としていた。治承四年（一一八〇）十月二日、石橋山での敗戦後房総半島に渡り再起をはかった頼朝は、平家知行国である武蔵国に入った。葛西清重はその日のうちに頼朝のもとへ参陣したが、江《え》戸重長《どしげなが》はあらわれなかった。『吾妻鏡』によれば、これ以前の九月二十八日に頼朝は重長に使者を派遣し、重長を武蔵国の「棟梁」と呼んで参陣を求めたが応じないため、翌二十九日には同じ秩父平氏である葛西清重に使者を送り、重長を大井の要害に誘い出して討てと命じている。清重の対応は書かれていないが、結果的に十月四日に重長は頼朝のもとに参陣したので、清重は重長の殺害という頼朝の命令を退け、間を取りなしたということであろう。そのような経緯と、頼朝、清重、重長の関係性が本話のもとになったと思われる。

『吾妻鏡』に見える清重は、頼朝の寝所を警固する「特に弓矢に優れ信頼できる者」の一人に選ばれ、平家追討のために九州に渡った際には、頼朝から「慇懃之御書」を賜った十二人に含まれている。奥州征伐での見事な働きに対しては広大な所領を拝領し、戦後処理を任されている。頼朝亡き後も幕府内で重きをなし、建保二年（一二一四）には壱岐守《いきのかみ》となった。前年の和田合戦では北条方として活躍、承久の乱では宿老《しゅくろう》として鎌倉に留まっている。本話においては、頼朝の勘気に触れても、おのれの義と友への情を貫こうとする清重の姿に無住も賛辞を送っており、同時にそれを聞き入れた頼朝の懐《ふところ》の深さにも価値を見出している。「上代」という語は、無住は通常「上古」という語とともに、西暦前四世紀頃から西暦後十世紀位までのことに使用するとされているが、ここでは文脈上、頼朝の時代をさしているとしか解釈できない。この頼朝と清重のやりとりを『吾妻鏡』にならって治承四年のこととするならば、『沙石集』執筆時においては約一世紀前のこととなり、頼朝の時代も父子・兄弟・親類の血なまぐさい争いは頻発していた。ただそれさえも佳例とするほど、北条氏全盛時代の主従の関係性は危ういものとして、無住の目には映っていたのかもしれない。

②畠山重忠

ここで今一人触れておきたいのが畠山重忠《はたけやましげただ》である。畠山氏は武蔵国男衾郡《おぶすまぐん》畠山荘を本拠とした桓武平氏の一流であり、先の葛西氏、江戸氏とは同族である。源頼朝が挙兵した際には、父重能《しげよし》が大番役で在京中であったため重忠が出陣したが、当初は平家側であり、三浦一族の当主であった三浦義明《みうらよしあき》を相模国衣笠城《きぬがさじょう》に攻め滅ぼした。しかし江戸重長と同時に頼朝に参陣し、頼朝の鎌倉入りでは先陣をつとめた。木曾義仲の追討、平家の追討、奥州征伐でも活躍し、頼朝の二度の上洛でも先陣をつとめている。梶原景時弾劾の連判状にも署名し、御家人としての務めを着々とこなしていた感があるが、元久二年（一二〇五）、息子の重保《しげやす》と北条時政の後妻牧の方の女婿である平賀朝雅《ひらがともまさ》との対立がきっかけとなり、謀反の疑いをかけられ、武蔵国二俣川《ふたまたがわ》で幕府の大軍と激戦のすえ討ちとられた。「坂東武士の鑑《かがみ》」と称された重忠は、勇猛果敢にして廉直な、鎌倉武士の手本として『吾妻鏡』や『曽我物語』に描かれており、その清廉潔白な人物像、立ち位置は悪役梶原景時の対極をなすといってもよい。ただそのイメージで『沙石集』に向かうと、次の話は違和感を禁じ得ないだろう。

概して時代が下り、人の器量も劣り、智恵も行徳もある上人は年を追うごとにまれになったと思われる。上古には尊い上人も智者も多かった。そのわけを考えると、在家と出家と道は異なっても、昔は心勇ましく、増長した振る舞いもあった。昔の武士は王位さえも奪おうとし、将軍の面目をつぶそうとした。平将門が平親王といわれたように、また、畠山重忠が館の中に煙を立てなかったのは、鎮守府将軍《ちんじゅふしょうぐん》の地位を念頭に置いていたからだといわれている。そのような武士の親類骨肉で出家して仏道に入った者は、みな、智恵も深く修行も激しく器量も優れて志も大きいのである。

〔巻四の三「聖の子持てる事」〕

世間の人は礼儀があれば家を治めて身も安泰である。礼儀を乱して増長した人は、昔からみな滅び失せた。平将門・藤原純友・藤原信頼・平清盛などである。近頃も増長した人が早くに滅んだ。和田義盛・畠山重忠はそのたぐいである。礼儀を重んずる人はみな、家が安泰なのである。

〔『雑談集』巻七「礼義事」〕

ここでは、増長し身に余る行為に出て滅亡した典型として、畠山重忠に言及している。平将門、藤原純友、藤原信頼、平清盛という歴史上の名だたる人物と比肩しうるほど、重忠の増長は甚大だったというのである。重忠同様近頃の例としてあげられている和田義盛は、頼朝の代から鎌倉殿に仕えた御家人として重鎮であったが、建保元年（一二一三）に蜂起し、同族であった三浦義村《みうらよしむら》の裏切り（『雑談集』には「故駿河ノ前司、平六兵衛尉トテ、北門堅タル起請カキナガラ反忠《カヘリチウ》シテ彼ノ一門亡了」とある）によって敗死した。和田義盛と畠山重忠の共通点といえば、どちらも勇猛果敢な武士であり、北条氏の他氏排斥の標的になったということであろうが、それにしても重忠の扱いには違和感がある。「鎮守府将軍の地位を念頭に置いていた」とあるのは、頼朝が征夷大将軍となるまで、武士の棟梁は鎮守府将軍と目されており、重忠自身が鎮守府将軍平良文《たいらのよしふみ》の子孫であり、秩父一族の嫡流であると自負していたことに関連するのかもしれない。重忠は頼朝に従属しつつも、宿老や昵近衆《じっきんしゅ》には入っておらず、頼朝とは一定の距離を保ち、幕府政治の中枢には参加しないものの、幕府有数の有力武士としての待遇を受けていたとされる。

また文治三年（一一八七）、謀反の疑いをかけられて起請文《きしょうもん》を出すよう命じられた時、「謀反を企てているという噂が立つのは、かえって名誉というべきだ。ただし頼朝に二心はない」と述べ、それを聞き入れた頼朝に許されているのだが、このような武士としての気概が『沙石集』における重忠像に影響を与えたのだろうか。そもそも『沙石集』の当該部分は、昔の僧は勇猛で優れた性質の人の親類などがなったので良かったが、近年では智恵も行徳もなく器量が衰えてきている、と僧の資質の劣化を嘆く文脈である。『吾妻鏡』によれば、建保元年九月、重忠の末子である大夫阿闍梨《あじゃり》重慶《じゅうけい》が、日光山別当弁覚によって謀反の疑いありと通報され、実朝の命を受けた長沼宗政《ながぬまむねまさ》によって殺害された。重忠の死から八年後のことである。実朝は捕縛を命じたのみだったが、宗政は独断で殺害にまで至った。この重慶の話を無住が踏まえていた可能性もある。

③長沼宗政・時宗

さてここで重慶を殺害した側、長沼氏に関する話も、『沙石集』には収録されている。

下野国に、長沼淡路守《あわじのかみ》と申す人がいた。亡き父のために堂を建て、供養する予定であったが、導師についての指示がなかったので、「お支度の方はどのように」と人が申し上げても、「考えていることがある」と言って、当日まで指示がなかった。人々は、「間に合わないだろう」と思ったが、淡路守は気性が荒い人だったので、恐れて口出しする人もいない。はや供養の刻限になって、千日の湯を沸かした下法師の湯維那《ゆいな》（寺で風呂の湯をわかすなどの雑用をした下級の僧）に、「鐘を打って供養せよ」と言われたので、下法師は目口をポカンと開けて驚き、返事もできないでいるうちに、すぐさま彼を連れ出し、堂の中へと引き入れた。淡路守は、「ただ、『これは長沼殿が、亡き父上のためにお造りになった堂である。仏よ、お聞きあれ』とだけ言って、鐘を一回打て」と教えたので、下法師はわななき震えながら、そのように申し上げた。そうして、一生暮らすに困らないだけの布施をお与えになった。淡路守は、「仏は私の心をご存知であるから、名僧が心にもないお世辞を言うよりは、この法師が申し上げても、供養にはなるだろう。この法師は千日もの間仕えてくれたので、導師にしたのだ」と申した。本当に、施主に気に入られようとして、嘘までついて褒めあげて、布施を多く取ろうとするような名僧よりは、仏も聞き入れて下さるだろうと思われる。

〈巻六の八「下法師の堂供養したる事」〉

長沼宗政は、頼朝の代から仕える下野国の武士であり、長沼氏は宗政以降、代々淡路守を歴任した。兄は小山朝政《おやまともまさ》、弟は結城朝光《ゆうきともみつ》である。『吾妻鏡』では「荒言悪口の者《こうげんあっこう》」と書かれ、気性が荒く、言動に問題がある人物である。重忠の末子重慶殺害について、実朝から源仲兼《みなもとのなかかね》を通してとがめられた宗政は、「捕縛しただけでは赦免《しゃめん》される可能性があるから斬った。頼朝は武を重んじられていたのに、実朝は歌や蹴鞠ばかりで武芸は廃れている。女を重んじて勇士はいないかのようだ」と、暴言を返した。主君にも物怖じせず堂々と意見する態度は欠点ばかりとはいえないが、その割に、梶原景時を弾劾する連判状に宗政は花押を加えておらず、兄の朝政から、「宗政は長年、当家の武勇はひとり宗政にありと自賛していたのに、景時の権勢を恐れて花押を加えず、その名を失墜させたことを恥じるべきだ」となじられ、何も言えなくなっている。勇猛果敢というよりは直情的なだけだったのかもしれないが、規範や命令をそのまま遵守せず常識にとらわれないという意味では、本話の長沼淡路守に通じるものがある。ただここでいう長沼淡路守は、宗政に似て「心たけだけしい」息子の時宗《ときむね》のことであるともいわれている。その説に従えば、この堂供養は、亡き父宗政のためのものということになり、宗政が没した仁治元年（一二四〇）以降の話となる。

④八田知家

無住は、十五歳の時に下野の伯母のもとへ行き、十六歳の時に常陸へ移り、「親しき人」に養われたと語っている。従来この下野の伯母とは、宇都宮頼綱《うつのみやよりつな》の側室であった梶原景時の娘で、常陸の親戚とは宇都宮氏から出た八田氏の誰かではないかといわれている。常陸では祖母の存在が明らかなので、その祖母が八田氏に関係する女性だった可能性もある。

八田知家《はったともいえ》は、頼朝の信任厚き武士であった。姉の寒河尼《さむかわのあま》は頼朝の乳母であり、小山政光の後妻となったことから、先の長沼宗政とは従兄弟にあたる。常陸国守護に任じられていることから、もとより常陸国の武士かと思われがちだが、もとは下野国宇都宮氏の流れをひく下野武士である。常陸平氏で支配されていた常陸国を徐々に浸食し、本拠地は常陸国小田であったともいうが定かではない。四代目の時知《ときとも》から小田氏を名乗るようになった。頼朝の死後、頼家の時の十三人の合議の一人にも入り、建仁三年（一二〇三）には、頼朝の異母弟である阿野全成《あののぜんじょう》を下野国で誅殺している。その功によって筑後守《ちくごのかみ》となり、承久の乱では宿老として鎌倉に留まっていた。無住が学んだ常陸国三村山極楽寺には、建永年間（一二〇六〜〇七）に、知家によって銅鐘が寄進されている。西大寺の忍性が、三村山極楽寺に滞在し十年間布教し続けた背景には、小田氏の外護があったが、近年では笠間時朝《かさまときとも》の強い関与も指摘されている。時朝は宇都宮頼綱の弟、塩谷朝業《しおのやともなり》の次男で、御家人として鎌倉へ仕えるかたわら、歌人としても著名で、

「宇都宮歌壇」の中心人物であった。塩谷朝業の和歌も『沙石集』には収録されていて、その関係性も気になるところであるが、ここでは、無住の修学の出発点ともいえる常陸国を支配した一族、そして無住自身の血縁に関わるかもしれないと思われる一族、という二つの意味で、八田氏に関する次の話を紹介しておきたい。

故鎌倉の大臣殿（源実朝）が、上洛されることが決まった。世間の人は、内心嘆いていたが、表だって申し上げることはなかった。さすがに人々の嘆きになるのではないかと思われて、上洛すべきか否かの評議が行われたが、大臣殿のお気持ちを損なうのを恐れて、異議を申し上げる人はいなかった。故筑後前司入道知家（八田知家）が遅れて参上し、この件について意見を述べよとのことなので、「天竺の獅子という獣は、すべての獣の王だそうですが、他の獣を傷つけようという気持ちはなくても、その吠える声を聞く獣は、みな肝をつぶして、あるいは命さえ失うと聞いております。そうなると、上様は人を悩まそうというお気持ちはなくても、人々の嘆きはいかばかりでございましょう」と申し上げた。そこで大臣殿は、「上洛は思いとどまる」とおっしゃり、万人が喜んだのだった。

〔巻三の三「訴訟人の恩を蒙る事」〕

『吾妻鏡』によると、頼朝上洛の折に知家が遅参し、頼朝はたいそう機嫌を損ねた。叱る頼朝に知家は病気のためとことわり、先陣と後陣、頼朝が乗る馬は何かと尋ね、知家の忠言を聞いた頼朝はその通りにした、という話がある（建久元年十月三日条）。『沙石集』の本話は、「故鎌倉大臣殿」とあり実際に上洛をとどめたので、上洛した事実のない実朝とのやりとりとするのが自然である。ただ『沙石集』の伝本によっては「故鎌倉大将殿」（頼朝）としており、表記の揺れからも、当話のもとは『吾妻鏡』系の話であり、それがいつしか実朝の話とされたと考えられる。知家は遅参をとがめられても、すぐにその言葉を受け入れてもらえる程の信頼を得ていたということであり、主君にも臆することなく道理を説くことのできる好人物として描かれている。

3　実朝の実像

さてここで、鎌倉殿の継承に目を転じると、二代頼家に関する話は『沙石集』にはない。三代実朝については、上洛の話を実朝のこととして含めた場合、三話確認できる。『沙石集』における実朝像には、為政者《いせいしゃ》としての側面と、信仰者としての側面があるとされている。先の上洛説話の直後に、

「聖人に心はない。万人の心をもって自分の心とする」という。人の心が願う政治をする、これが聖人の資質である。賢王が世にあらわれれば、賢臣がその王の威光を助け、天下泰平に世は治まるのである。〔同前〕

と無住は述べており、実朝を聖人、賢王になぞらえ、理想的な為政者としてとらえているようである。

一方で、実朝の篤実な信仰心は、彼が詠んだ和歌にあらわれているという。

鳴子《なるこ》をばおのが羽風《はかぜ》にまかせつつ心と騒ぐ村雀《むらすずめ》かな

（自らの羽がおこした風によって鳴子（鳥獣除けのしかけ）を鳴らしながら、驚いて騒ぐ群雀《むらすずめ》だなぁ）

〔巻五末の五「有心《うしん》の歌の事」〕

この和歌は作者について異伝もあり、実朝の歌とするのは『沙石集』のみであるが、無住はこの和歌に唯識《ゆいしき》（すべての諸法は識という心があらわしたものなので、識以外存在するものはなく、またこの識も真実には存在しない）の思考を感じとっている。自分がおこした羽風で驚き騒ぐ愚かな雀の群れに、自らがおこした煩悩によって業を作り、苦しみを受け、堕地獄などを恐れてあわて騒ぐ我々凡夫の姿を重ねているのであり、そこに深い仏教的な意味を読みとり、このような和歌を詠む実朝には誠の信仰心があると考えているのである。

最後の一話は、為政者として、信仰者として、二つの側面が実朝自身の中でせめぎあう話である。

故荘厳院法印《しょうごんいんほういん》（行勇《ぎょうゆう》）は、学識にすぐれた高貴な僧だと有名だった。鎌倉の右大臣殿（源実朝）が深く帰依し、師弟の礼儀を保っていらっしゃった。行勇は慈悲深い人で、訴訟人が嘆願してくる度に、「おとりはからい下さい」と実朝に申されていた。実朝は行勇のおっしゃることには何事も反対なさらず、願いはやすやすと叶った。

そうして、あれもこれもと人々が言ってくるのを、行勇はいつも実朝に申し入れていらしたが、ある時、実朝が、「世の中というものは、一人が喜んでも一人が嘆くことがある。口出しなさらないで下さい。ただし仰せに背くまいと思っておりますので、今回だけは承知しました。今後はご介入なさいますな」とおっしゃったのを、「わかりました」とおっしゃったが、強く嘆願する人がいると、心弱くも、「今回だけは、今回だけは」と何度も申し入れなさるうちに、大変に重大なことに口出しなさることがあった。実朝は、「何度も申し上げておりますのに、おわかりにならず御介入なさること、理解できません。国の政治は偏りなくあるものですから、今後は一切お受け致しません」と厳しく返事なさったので、恐縮して退出なさった。その後は音信不通になって七十日余りになった。

ある夜更けに、実朝が急に寿福寺へお出でになった。お供の人はわずかに二、三人で、周囲の人はこのことを知らなかった。門をたたくので、「誰か」と問うと、「御所様がいらっしゃいました」とのこと。行勇は驚いて中へお通しした。実朝はすぐさま行勇の足もとにひざまずいて、泣く泣くおっしゃるには、「師匠こそが弟子を勘当するものですのに、弟子の私が勘当申し上げました。自分の言葉を違えまいと、百日ほどはお目にかかるまいと思いましたが、堪えられずに参上しました」と、はらはらと涙を流されたので、行勇も涙を流して、「御勘当されたのもそうなる定め、またこのようにお許し下さるのも定めでしょう」と、長い時間語り合われた。
このことは、寿福寺の老僧が私に語ったのです。実朝のもとでお仕えした古い人が、「大臣殿の御夢に、高貴な印象の俗人が、白い強装束《こわしょうぞく》を着て、『どうして貴い僧を苦しめるのか』とおっしゃるのを御覧になって目が覚め、夜更けに急いで寺へお出ましになったと聞きました」と語っていた。信仰心が本当におありなので、若宮のお告げがあったのだろうか。師弟の礼儀をわきまえていらっしゃるのが、めったにないことのように思われる。

〔巻七の十三「師に礼有る事」〕

退耕行勇《たいこうぎょうゆう》は、もとは真言宗を学び、鶴岡八幡宮の供僧《くそう》となったあと、栄西の弟子となり、建仁寺、寿福寺に歴住、東大寺大勧進をつとめ、高野山金剛三昧院を三密道場として整えて第一世となった。鎌倉幕府との関わりでは、頼朝や政子の深い帰依を受け、政子が剃髪した折の戒師も務めている。特に実朝は度々寿福寺を訪れ行勇に深く帰依し、行勇も実朝暗殺後、実朝の遺骨を納め菩提を弔うために整備された金剛三昧院を任されているので、実朝との深い結びつきは自他共に認めるものであったと思われる。無住自身、寿福寺で童役をしていた幼年時に行勇に会っている可能性があり、寿福寺と無住の深く長い関わりを考えれば、本話を寿福寺の老僧から聞いたとするのも頷ける。本話は『吾妻鏡』建保五年（一二一七）五月十二日、十五日条にも類話が認められるが、そちらでは実朝は大江広元を通して行勇に口入れを禁ずると通達し、その三日後には寿福寺を訪れ、実朝の霊夢については書かれていないなど、大きな違いがある。『沙石集』における実朝は、「世の中というものは、一人が喜んでも一人が嘆くことがある」と為政者としての責務と懊悩《おうのう》を抱え、一方で、「信仰心が本当におありなので若宮のお告げがあったのだろうか」と無住に思わせるような霊夢を感得し、すぐに師への謝罪に赴いている。このような実朝像は、近年の歴史学での研究成果と同調するものがあり、無住の理解は、案外実朝の実像にせまっているのではないだろうか。

『沙石集』に描かれる鎌倉殿、東国武士を俯瞰すれば、頼朝とその周辺の御家人、そして実朝に話は集中しているようであり、東国武士では梶原氏を別格として、特に秩父平氏と下野武士に偏りがあるように見える。実朝については『雑談集』巻六「錫杖事」に、実朝暗殺後、その遺骨を頸にかけて高野山に上り、行勇の弟子となった葛山景倫《かずらやまかげとも》（願性《がんしょう》）の話などもあり、寿福寺と金剛三昧院の強い結びつきの中で、無住が鎌倉と高野山をつなぐ政治的、宗教的話題を得ていた可能性を感じるのである。

第二節　北条氏への視線

1　北条義時

伊豆国の一地方武士であった北条氏は、頼朝との姻戚関係を背景に徐々に勢力を拡大し、他の有力御家人を次々と廃していった。源氏将軍が絶えた後、朝廷を相手とした承久の乱に勝利し、得宗《とくそう》として権力の中枢に存在し続けたのである。無住の北条氏に対する視線は熱い。それはとても一介の僧侶が時の権力者について述べる、という程度の関心ではない。何か特別な感情を寄せていたことは確かで、それはおのれの梶原氏としての血筋がなさしめたことなのではないか、と思えてならない。

『沙石集』では、北条氏の中でも特に第三代執権泰時《やすとき》、その孫の第五代執権時頼《ときより》に関する話が集中している。初代の北条時政に関する話は『沙石集』、『雑談集』ともにないが、第二代執権義時《よしとき》については、『雑談集』に次のように書かれている。

故義時は、三度の災難を逃れて、長らく安泰であった。一つには、輪田左衛門尉（和田義盛）が乱をおこした時、故駿河の前司、平六兵衛尉（三浦義村）が、北門を固めるという起請文を書きながら、裏切ったために和田一族は滅びた。二つには、若宮禅師殿（公暁《こうぎょう》）が、大臣殿（源実朝）を討ち、その次の太刀で義時を討とうと思われたが、急に重要なことがあって、御剣役《ぎょけんのやく》を文章博士（源仲章《みなもとのなかあきら》）に交代していて、公暁は仲章を義時だと思って討った。これは大変な幸運である。三つには、承久の乱において、十善の帝王である天皇を敵とし、臣下の身ながら無事であった。希代の大運である。

〔『雑談集』巻三「愚老述懐」〕

北条氏は、かつて「七代までは安泰である」という夢想を受け、一族として仏法を信じ、徳政を行い、諸寺への寄進もおこたらないので、なるほど久しく安泰であろうか、と思うにつけて、思い出したことだとして義時のことに触れている。この後には、第九代執権貞時《さだとき》が、義時同様、安達泰盛《あだちやすもり》の乱、平頼綱《たいらのよりつな》の乱、吉見義世《よしみよしよ》の乱という三度の災難を切り抜けたことについて述べている。『雑談集』においては、時頼とその孫である貞時への言及が目立ち、同じ時頼のことでも、『沙石集』では彼を「相州禅門《そうしゅうぜんもん》」と呼び、『雑談集』では「最明寺禅門《さいみょうじぜんもん》」と呼ぶ。そして『雑談集』では貞時のことを「相州禅門」と呼ぶ。「相州禅門」とは相模守を経験し、出家後死没までに間があり、「禅門」と呼ばれる時間があった人物である。無住在世時には、北条氏の中で時頼と貞時しかこの条件に該当せず、執筆の時宜にかなったものに呼称をわざわざ変更しているところからも、無住の北条氏への関心が一時的なものではなく、継続した熱意に裏付けされていたことが知れるのである。

2　北条泰時

さて、『沙石集』において、泰時は、主に裁判説話の中に登場して名判決を下す。『御成敗式目』を制定し、名実ともに執権政治を確立、清廉な政治家として当時から後世に至るまで賞賛を受けた泰時像を彷彿とさせるものである。長い話になるので、概略を次に示す。

鎮西に、貧しくて所領を切り売りして生活している地頭がいた。その長男は暮らし向きも良かったので、たびたび父が売った土地を買い戻して父に治めさせていた。その父が亡くなると、遺産の土地はなぜか長男ではなく次男にそっくり譲られてしまった。長男は鎌倉に上り訴訟を起こし、次男も呼ばれて対決することになった。兄を気の毒とは思うけれど、弟は譲り状を持っているので結論が出ず、明法家《みょうほうか》（法律の専門家）に問い合わせた。その結果、「兄は長男で父によく仕えたという事実はあるが、子が父に仕えるのは当然である。奉公の事実が重視されるのは他人の間柄であって、父は理由があり次男に譲ったのだから次男の方に道理がある」とのことだった。次男はそのまま所領安堵の下文《くだしぶみ》をもらい鎮西に戻った。泰時はこの兄を気の毒に思い自分のところに留め、「いずれ領主の定まっていない土地があったらその土地をやろう」と衣食の面倒をみてやっていた。

その長男は、優れているが貧しい女性と結婚していた。ある酒宴でこの妻のことが話題となった。長男の妻の頭に髪の毛が一本もないのは、召使いがいなくて自分で水を汲むため（当時は水を入れた桶を頭にのせて運ぶので、頭髪がすり切れてしまったということ）、と聞いた泰時は、涙ぐんであわれがり、ことに触れて情けをかけ世話をしてやった。二、三年後、父の遺産よりも大きい「秋の毛の上」という土地をいただいて、長男は任国に下ることになった。泰時は必要なものをすべて用意してやり、「妻も連れて行くのか」と聞くと、長男は、「ここ二、三年つらい思いをさせたので、連れて行って米の飯を食わせてこそ心も慰みます」と言う。泰時は、「立派な考えだ。人というものは、立身出世すると苦しい時の妻など忘れてしまうものなのに、しみじみとあわれなことだ」と、妻に必要なものもすべて用意して与えられたのだった。

〔巻三の三「訴訟人の恩を蒙る事」〕

この話に対して無住は、

泰時はまことに人情深く、万人をはぐくみ、道理のあることを褒められた。実に本当の賢人であって、その仁恵《じんけい》は世に知られるものである。「道理ほどおもしろいものはない」と言って、人が道理を申せば、涙を流して褒められたと伝わっている。民の嘆きを自分の嘆きとして、万人の父母だった人である。〈同前〉

と手放しで賞賛している。裁判自体は道理を重んじた裁決をするが、道理の実践は時に情をおさえることになる。ただ泰時は仁恵（思いやりと情け）をもって長男夫婦を遇しており、すべての人の苦悩を我がことのように感じ寄り添える、まことの賢人であったのである。そしてその自身の持つ権力に、固執しているわけでもない清々しさが、次の話には見てとれる。

ある時、「私が将軍の御所に参上したところ、上様（藤原頼経《ふじわらのよりつね》）が、『人の家の端板《はたいた》は内部の見苦しいところを隠すためのものなのに、泰時の屋敷の端板は、内部も透けて見えているのはどういうわけか』と仰せになった」と、人々の中で話す者がいた。どうにかして泰時に奉公したいと思っていた人々は、良い機会だと、「上様の仰せのように、みな思っております。一般的にもご用心のために、築地塀を築かれ、堀を掘るのがよろしゅうございます。おのおのが一本ずつ築きましても、二十日もかからないでしょう。このついでに厳しくお指図下さい」と申し上げた。泰時は頷いて、「各々のお志はこの上なくありがたく思います。本当にお志がおありなら、みなさんには簡単にお思いになるでしょうが、国々から人夫たちが上ってきて築きますのは、この上ない煩いでしょう。用心とおっしゃいますが、泰時の運が尽きたならば、たとえ鉄の築地を築いても助かりますまい。また運があって主君に召し使われるのであれば、そのようなことをしなくとも何の恐れがありましょうか。端板の隙間などは直してしまいましょう。築地など思いもよりません。また堀はかえってそら騒ぎのある時、馬や人が落ちてしまうでしょう」とおっしゃった。〔同前〕

常に自然体で、運が尽きた時はそれまでという高潔さ、そして自分のために大規模な工事をすることで、民を煩わせることを何よりも嫌う泰時像がよくあらわれている。ただ、内閣文庫本『沙石集』には、本話の裏書として、一風変わった話がある。奥州のある尼公が訴訟に際して、とてつもなく美しい杉箱を泰時に進上してきた。開けてみると、金が千両入っていた。泰時は、「これはどうしたことか」と、すかさず一首、

いにしへの浦嶋がこの箱かとてあけずはいかにくやしからまし
(開けたらおじいさんになってしまうあの浦嶋の箱かと思って、開けなかったらさぞ残念だったたであろう)
〔内閣文庫本巻三本の二「美言感有る事」裏書〕

尼公は「悦《よろこび》のよしに」この箱を持ってきたとあるので、勝訴のお礼かもしれないが、訴訟の前であったらいわゆる賄賂、後であってもお礼はきっちり喜んで頂く泰時、ということになる。賢人泰時が語られる中で、人間らしい側面が出た異色の説話ではないだろうか。

3　北条時頼

その泰時の孫、第五代執権時頼の父は時氏、母は安達景盛《あだちかげもり》の娘である松下禅尼《まつしたのぜんに》である。父は二十八歳で早世したが、母は賢く信心深く、上東門院《じょうとうもんいん》（藤原彰子）を尊敬していて、仏法を信じ行わない者を召し使わなかったため、その周りの人はみな仏法者であったという〔『雑談集』巻三「愚老述懐」〕。母の信心深さは、幼少時から時頼に大きな影響を与えたらしく、時頼が幼い時、お堂や仏を作って遊んでいたところ、平盛綱《たいらのもりつな》と諏訪盛重《すわもりしげ》が、「武家の者たるや、弓矢で遊ぶべきなのに、意味のないことをなさって」と制した。それを泰時が、「時頼の先世に関する夢を見た」と言ってそのまま続けさせた、という話がある〔『雑談集』同前〕。孫の信心を温かく見守る祖父泰時の日常的な優しさが見てとれる部分でもある。

無住は、鎌倉に建長寺を建て、事実上禅の興隆を実現したのはすべて時頼の功績であり、彼は栄西の再誕であるともいっている。時頼は幕府の禅密主義を強力に推し進め、中国から多くの禅僧を招いて、真の禅宗が定着する基盤を築き上げた名執権であったから、その評価は至極当を得ているのである。また『無住国師略縁起』には、時頼が長母寺の山門を建立して寄進したとあり、叡尊を鎌倉に招いたように、西大寺流律との関わりも深い時頼であったから、無住とも何かしらの関係性を認め得るかもしれない。

松下禅尼は、破れた障子を手ずから貼り直して、時頼に質素倹約を教えた『徒然草』(百八十四段)の話も著名である。そのような母に育てられた時頼もまた質素であり、夜に北条宣時《ほうじょうのぶとき》を呼び出して、小《こ》土器《かわらけ》に残っていた味噌だけを肴《さかな》に酒を楽しんだ逸話が同じく『徒然草』(二百十五段)に残っている。時頼を考えるとき、母との関係性は特筆すべきものだと思うが、時頼と他の母子に関する次のような話もある。

時頼のそば近くに仕える一人の女房がいた。怒りっぽくてとげとげしい性格で、ある時、同じように仕えている息子に対して些細なことで腹を立て、殴ろうとしたが、物にけつまずいてひどく倒れてしまった。いよいよ腹に据えかねて、時頼に、「息子が私を殴ったのです」と訴えた。時頼は、「けしからんことだ。すぐに呼べ」と言い、「本当に母を殴ったのか。母はこのように訴えているが」と尋ねられた。すると息子が、「確かに殴りました」と言うので、「この上なくとんでもないことだ。無法者め」と叱って、所領を没収して流罪にすることに決めた。

気まずい事態になった上、怒りもようやくおさまり、我ながらとんでもないことをしたと思った母は、時頼に、「腹の立つにまかせて、息子が私を殴ったと申し上げましたが、本当はそのようなことはありませんでした。大人げなく彼を殴ろうとして、自分で転んでしまったのを、憎らしくて嘘を申しました。本当に処罰をされるなんてあんまりでございます。どうかお許し下さい」と泣く泣く申し上げた。そこで息子を呼び出し事情を聞いたところ、「本当に母を殴ることなどありましょうか」と言う。「なぜ初めから正直に言わなかったのか」と聞くと、「母が私が殴ったと申しました以上、我が身がいかなる罪に沈みましょうとも、どうして母を嘘つきにすることなどできましょうか」と申したので、「すばらしくこの上ない親孝行の者である」と感嘆なさって、別の所領を加えて与え、特にかわいがられるようになった。

〔巻七の七「母の為に忠孝ある人の事」〕

道理をもって裁き、情でもってその人の事情を汲んで対処する様子は、祖父泰時にも通じるものがある。この母子はどちらも時頼に仕えていたとあるので、申告通りに道理をもって厳しく罰すれば、いずれ母が耐えきれずに真実を告白すると見抜いていたのかもしれない。

『雑談集』になると、第九代執権貞時と自らの果報を比べるなど、無住の北条氏に対する視線と興味は自らに引きつけた、より熱いものになっていくが、『沙石集』における北条氏関連話は、もっぱら泰時と時頼に集中しているのである。

第八章――尾張・三河の宗教世界

第一節　長母寺と山田一族

1　山田重忠と承久の乱

無住は三十七歳で長母寺に入り、八十七歳で没するまで、五十年もの長い間尾張国に住んでいた。途中、常陸国や鎌倉、京など、方々に出向いた痕跡も多いが、基本的には長母寺に住み、僧侶間交流から情報を収集し、説法等を通して人々の教化を行い、その傍らで執筆活動を続けていたというところであろう。そんな無住の目に、当時の尾張国はどのように映っていたのだろうか。

無住の止住した長母寺は、矢田川沿いの小高い丘の上にあり、正式名を霊鷲山《りょうじゅせん》木《き》賀《が》崎《さき》長母禅寺《ちょうぼぜんじ》（臨済宗）という。矢田川は洪水を繰り返した川で、当時の川の流れと長母寺の位置関係は現在と異なるが、無住が入寺した当時は広大な寺域を誇る大寺であった。それは叡尊が、ちょうど無住の入寺と同年の弘長二年（一二六二）二月に、鎌倉へ下る途中に長母寺に一週間滞在し、布薩説戒《ふさつせっかい》を行ったことが『関東《かんとう》往還記《おうかんき》』に見え、常住の僧三十三人と在家の人々百九十七人が叡尊から菩薩戒《ぼさつかい》を受けたと書かれていることからうかがえる。長母寺の院主は静観房良円《じょうかんぼうりょうえん》であり、その父の道円も存命であったこともわかる。二人は承久の乱において、朝廷側として最後まで奮戦した山田重忠の子孫である。長母寺自体も、もとは重忠が熱田明神のお告げを受けて、長父寺《ちょうふじ》、長兄寺《ちょうけいじ》（現長慶寺）と共に創建したと伝えられているが、重忠によって長母寺前身の桃尾寺が建てられ、火災にあった後、道円が中興して堂宇を整備したと見るべきであろう。いずれにせよ、矢田川沿いの広範な地が、代々この山田氏が領する土地であったことは疑いない。

山田氏を檀那とする長母寺の住持であった無住には、承久の乱や重忠に関わる次のような話も、自然と耳に入ってきたようである。

尾張国に、右馬允《うまのじょう》某《なにがし》という俗人がいた。承久の乱の時、朝廷側につき、杭瀬川《くいせがわ》の戦いで重傷を負った。鎌倉方の武士たちは彼にとどめをさして捨て、そのまま京へ攻め上っていった。夜になって、落ちのびてその辺りに隠れていた友人の二人が、彼の死体を探して供養しようと戦場を見てまわると、重傷ながらも、まだ死んでいなかった。そこで肩にかついで青墓《あおはか》の北の山に連れて行った。たくさんの傷を受けた中で、刀が喉笛《のどぶえ》を貫いて地面に突きたてられた傷が、最も致命的であった。「これではどうしたって助からない。首を取っていけ」と彼は言ったが、それもさすがにしのびなく、もしかしたら助かるかもしれないと手当をしているうちに、鎌倉方の武士たちが、手分けをして敵の生存者を探しはじめた。夜も明けてきたのでどうしようもなく、大きな木の空洞《うつろ》に彼を隠して、二人もまた隠れた。武士が血痕をたどってそのあたりを捜索し、木の空洞をのぞいたが、人の足なども見えず、そのまま去っていった。

その後、黒衣を着た僧が一人、「横蔵《よこくら》から来たぞ」と言って、草の葉をもんで与えてくれた。右馬允がそれを飲んだところ、腹の中にたまった血がすべて排出され、身も軽く、気持ちも少し楽になった。そうして気がつくと、僧は消えてしまっていた。

友人の二人がまたやって来て木の中から彼を出してみると、「このようなことがあって身が軽くなった。歩いていこう」と言うので、尾張国に向かったところ、折津川《おりづがわ》が増水して渡れなかった。そこで関東に向かう武士と遭遇して、怪しまれて捕らえられてしまった。一度で死ぬはずだった身が、このように恥をさらすことを悔しく思って、「川に身を投げよう」と思い川のほとりに近づくと、若い僧がひとり、「竜山寺《りゆうせんじ》から来たぞ。死ぬなよ。自害などするな」と引き止めた。夢かと思ったが現実であった。しかし傷も痛み太陽は照りつけ、耐えられないのでやはり身を投げようと川端に近づいた。するとまたこの僧が縄を引っ張り、「死ぬな。自害はするな」と止めたので、思いとどまったのだった。

熱田神宮の神官や関係者は、みなこの右馬允を知っていたので、「こちらで身を預かりましょう。この熱田で法会《ほうえ》などを行い、功績のある、誰々と申す者ですから」と申し入れたが、「名の通った武士である」といって許さず、鎌倉へ連行した。北条義時のもとへ引き立てていったところ、「すぐに首をはねろ」とのことで、由比の浜（由比ヶ浜）へ連行していった。すると例の僧がまた出てきて、「嘆くことはない。死んではならぬぞ」と言うけれど、今は最期と覚悟して、一心に念仏を唱えていた。

乱橋《みだればし》という橋のたもとを出て行くところで、年来の知人と出会った。「どうしたのですか」と馬をとどめて言うので、「杭瀬川で死ぬはずだった身が、なおも恥をさらそうと、このような有様です。ただ今こそ最期の時でしょう」と言って涙を流した。この知人は、「年来の知り合いです。私が大夫殿《たいふどの》（義時）の所へ行ってあなたの身を預かると申し上げてきましょう。しばらくお待ちください」と言って、馬を走らせて行ったところ、「お前に預けよう」という義時からの命令書をもらい、すぐにとって返し、一緒に連れて帰り、手を尽くして看病してくれた。そのおかげで一命をとりとめ、その後長い間、尾張国で生きていた。

喉仏《のどぼとけ》を貫いた傷ゆえに、声はしわがれていたということだ。現在孫などがおり、その養子であった入道が私に語ったことなので、確かなことである。遠い昔はこのようなこともあったかもしれないが、この末代には滅多にないすばらしいことだ。仏が夢に出てくることさえ不思議なことなのに、現実に姿をあらわして助けて下さったご利益のすばらしさは、貴くありがたいことである。

〔巻二の四「薬師・観音の利益によりて命を全くする事」〕

本話は『沙石集』の中でもかなりの長文であり、描写の一つ一つが詳細、かつ無住の筆致にも熱がこもっている。右馬允《うまのじょう》とは、右馬寮《うめりょう》の三等官の職名であるが、梵舜本『沙石集』では「右馬允明長《うまのじょうあきなが》」と書かれている。長慶寺蔵の『山田世譜《やまだせふ》』に拠れば、重忠の弟に明長が記載されている。『承久記』には、杭瀬川で児玉党《こだまとう》と激戦を繰り広げる重忠の従者に「小波田右馬允」（慈光寺本）、「小畑右馬允」（前田家本）の名前が見える。重忠の弟明長は、「小幡《おばた》」に居住していたので、『承久記』の名字も「オバタ」と読めば、明長のことと考えることができる。無住とこの明長に直接の面識はないようだが、養子であった入道が「語りし」と直接過去をもって記し、事実譚であることが強調されている。

この養子であった入道について、愛知県春日井市の勝川にある地蔵寺開山、無盡道証《むじんどうしょう》の存在に触れておきたい。地蔵寺（当時は地蔵池付近に所在）は、臨済宗東福寺派に属し、長母寺末寺であった。文永元年（一二六四）創建、開基は山田明長、開山は無盡道証である。寺伝によれば、道証は明長の子であり無住の弟子である。才覚の高さから延慶年間（一三〇八～一一）に、花園天皇から無盡禅師の号を勅賜され、正和二年（一三一三）九月二十七日、七十九歳で没したとある。『沙石集』慶長古活字本の奥書には、乾元二年（一三〇三）、無住の弟子の道慧が書写した本を譲った相手として道証の名前がある。『山田世譜』によると、道証は明長の末子であり、明長自身の没年は文永三年（一二六六）とされているため、年代的な不整合はない。甥なのか子なのか、依拠する資料が後代のものであるため信憑性の問題もあるが、明長の承久の乱における逸話が無住の耳に届いた経路として、この道証の存在は注視しておく必要がある。承久の乱関連の話としても、本話は他書に見ることができず、戦の当事者からの貴重な語りとしても価値が高い。

明長が瀕死の状態である時、僧に変じて彼を救った「横蔵」と「竜山寺」、そして「熱田」は、それぞれ現在の「横蔵寺《よこくらじ》（岐阜県揖斐郡揖斐川町）」、「龍泉寺《りゅうせんじ》（愛知県名古屋市守山区）」、「熱田神宮（愛知県名古屋市熱田区）」である。熱田神宮の神官たちが明長の助命嘆願をした理由は本文に書かれているが、横蔵寺と龍泉寺の観音はなぜ現実に、僧に変身までして彼を救いにきたのか。無住は次のように書いている。

美濃国横蔵薬師は、比叡山根本中堂の薬師仏の用材の一部で造った仏であるといわれており、霊験あらたかで有名である。明長は長年、参詣していた。尾張国竜山寺は、昔、竜王が一夜のうちに造って供養したが、途中で夜が明けたので、堀が途中までで造りかけになっているといわれており、現在その跡が見える。本尊は馬頭観音《ばとうかんのん》で、霊験あらたかな仏である。明長はここにも長年毎月参詣しており、毎月十八日に、『観音経』を三十三巻読誦して奉納していた。こうした因縁によって、お助け下さったのであろう。〔同前〕

どちらも明長が長年信心して参詣していた寺であり、そのご利益によって助けられたというのである。僧に変じた横蔵の薬師如来は薬を与え、龍泉寺の雄々しい馬頭観音は、明長を何度も生の世界に引きとどめた。龍泉寺は長母寺から徒歩で一時間ほどの天台宗の古刹である。最澄と空海の二人が開基として関わったといわれ、熱田神宮の奥宮でもあり、無住にも関連深い寺であった。現在宝物館には、嘉元年（一三〇三）の刻銘を持つ、無住作とされる木造地蔵菩薩像が所蔵されている。

さて、山田重忠についても、無住は次のように述べている。

尾張国に、山田二郎源重忠といって、承久の乱の時、朝廷側に味方して討たれた人がいた。彼は武芸の道に秀で、心も勇猛で人に勝る器量の持ち主であり、心優しく、人々の苦労に心をくだき、全てにつけて心のやわらかな人であった。

重忠の領地に、ある山寺法師がいた。重忠はその法師が八重躑躅《つつじ》を持っているのを見てほしくなり、「もらいうけたい」と思いつつ、「彼も大切に思っているだろうに、無理にほしがってよいものか」と思い返して、日々が過ぎていった。ある時、この僧が大きな罪を犯して追放の罰を受けた時、藤兵衛尉《とうひょうえのじょう》某《なにがし》という、検断役の武士に、「『今回の罰金として、絹を七疋四丈《しちひきよじょう》（約九十六メートル）差し出すか、八重躑躅を差し出すか』と言って、罪を問え」と命令した。藤兵衛尉がその旨を伝えると、「絹を差し上げましょう。この躑躅でこそ私は心を慰めておりますから、躑躅は無理です」と僧は言った。藤兵衛尉は主人の心を知っていたので、「絹を差し出しては、まだまだ殿のご不審が残りましょう。躑躅を差し出しなさい」と言ったので、仕方なく、躑躅を掘って差し出したのだった。藤兵衛尉は、「検断役は役得として半分をもらえることになっています。絹七疋四丈の半分、三疋四丈分として、私にも躑躅を一枝下さい」と言った。「それなら絹を」と僧は惜しんだが、強引に一枝取ってしまった。主人も部下も共に優美な心根である。その躑躅は今も残っている。最近はこういう優美な人はなかなかいない。
〔巻七の四「芳心《ほうしん》ある人の事」〕

重忠とその部下である藤兵衛尉の、尾張国での日常を伝える一話である。一読すると、重忠と藤兵衛尉が僧の罪にかこつけて、無理矢理躑躅を奪ったかのように思えるが、承久の乱で激闘を繰り広げた武士としての荒々しさの下に、躑躅を愛でるという優美な心を秘め、大きな罪を躑躅であがなわせる、という温情を持っていたことが評価されている。本話の後には、上東門院《じょうとうもんいん》（一条天皇中宮彰子）が興福寺の桜を所望したにもかかわらず、一人の興福寺僧が運搬を止め、上東門院に、「意外にも優雅な心と情けを持った奈良法師がいたことね」と言われ、荘園を賜った話が続いており、本来風雅など解さないと思われる猛々しい人物の意外性、という文脈でとらえられていることは明らかであろう。本話での重忠は、まさに芳心ある人（親切な心をもつ人）なのである。ちなみに、長母寺古記録には、熱田神宮から移植された躑躅があると記されているが、本話の躑躅との関連は明らかではない。

さてここで検断役として登場する藤兵衛尉であるが、『承久記』には、重忠の忠義な部下として登場する。古活字本では、杭瀬川の戦いから退却の折、主人の姿を捜して引き返し、堀の底で伊佐三郎行政《いささぶろうゆきまさ》と戦っていた重忠を馬に掻き乗せて退却する様子が描かれている（前田家本では籐兵衛尉自身が伊佐三郎と戦っている）。主人の重忠はここまで、まずは墨俣で幕府軍と戦い、敗走する朝廷軍の中で、三百余騎で杭瀬川にふみとどまって激戦をくり広げてきたのである。墨俣では、味方を一手にまとめて、尾張国府を攻め、そのまま鎌倉まで進撃しようという積極策を提案していたが、大将軍藤原秀澄が臆病ゆえにそれを退け、兵力を分散させる消極策をとった（慈光寺本）ことが、朝廷方の敗走につながったともいえる。この後も、重忠は、比叡山の僧兵とともに勢多《せた》で奮戦するも幕府軍に突破され、勢いにのった幕府軍が宇治川を渡って都に入ると、後鳥羽院の御所に参上するが、門前払いされた。その時重忠は門をたたいて、「大臆病の君に語らはされて、憂に死せんずる事、口惜《くちおしく》候《そうろう》」と大声で叫んだという（古活字本）。その後も東寺で奮戦し、嵯峨般若寺山で自刃して果てた。重忠は墨俣での提言や各地での激戦ぶり、天皇へも臆せず意を伝える姿などから、大変熱い情熱の持ち主であり、その戦でのはたらきぶりは、朝廷側の武士の中でも突出しているのである。古活字本によれば、重忠が自刃する際、傍にいたのは嫡男の重継《しげつぐ》と伊予房であり、藤兵衛尉はあるいは既に討死していたかもしれないが、このような戦の顚末を知りながら本話を読むと、重忠と藤兵衛尉の穏やかな日常が、より胸に迫ってくるのである。

承久の乱は、無住の生前に勃発しており、直接体験したわけではない。にもかかわらず、承久の乱への言及は多く見られ、特に関心をよせていたと思われる。この乱自体が、臣下が天皇に武力をもって勝利した前代未聞の大事件であったことは確かである。それは「承久」という言葉をすべての戦《いくさ》の意味だと誤解し、「色々な承久（戦）と申しましても、宝治の承久（戦）ほど、自害の多かった承久（戦）はございませんね」と言った僧の笑話〔梵舜本巻八の十七「魂魄の振舞したる事」〕からも、うかがい知ることができる。ただ無住の関心は世間一般のものより一歩つきぬけていて、やはり山田氏の菩提寺である長母寺に長らく住し、関係者の話を親しく聞いていたことに、理由の一端を求めるべきであろう。

2 熱田神宮

熱田神宮は、三種の神器の一つである草薙剣《くさなぎのつるぎ》をご神体とする、現在でも多くの人が訪れる信仰の聖地であるが、無住自身の信心も並々ならぬものがあった。『沙石集』では特に、慈悲心に優れた神として登場する。

熱田神宮の神官が語ったことだが、性蓮房《しょうれんぼう》という上人が、母の骨を持って高野山に向かう途中、熱田社のほとりで宿泊しようとした。骨を持っているので、穢れを嫌い、誰も宿を貸さなかったので、神宮の南の門の脇に参籠することにした。その夜、熱田の大宮司《だいぐうじ》の夢に、熱田大明神のお使いと名乗って、神官が一人やって来た。「『今夜、大切な客人が来ている。よくよくもてなすように』との仰せでございます」と言われると見て、目が覚めた。そこで使者を社壇へ行かせて、参籠している人がいるかと探させると、この性蓮房の他には誰もいなかった。使者は戻ってきてこのことを報告したので、性蓮房を招くと、「母の骨を持っておりますので、参れません」と言う。「大明神の御もとでは、万事神慮に従うことになっております。このようなお告げをいただいたからには、個人の意思で忌むには及びません」と言って、招いてよくよくもてなし、馬と鞍、費用などを用意して、高野山へ送ったのだった。これはごく最近のことである。

〔巻一の四「神明は慈悲を貴び給ひて物を忌み給はぬ事」〕

第二章でも述べたように、神は本来、死穢や血穢といった穢れを嫌うので、母の骨という死穢に触れている性蓮房は神から、そして人からも関わりを忌避される状態のはずであった。しかし熱田大明神は、夢告《むこく》という形で死穢を厭わないことを告げ、高野山への参詣を助けたのである。これは亡母への孝養と慈悲を神も尊ぶゆえである。本話の次には、承久の乱の折、尾張国の住人たちが熱田神宮内に家財道具まで持って逃げ込んだ話が続く。その中には、親に死に後れた者や産気づいている者がいることに神官たちが困惑し、神にお尋ねしたところ、「私が天上からこの国に下ってきたのは、全ての人をはぐくみ、助けるためである。何事も折によるのであり、忌む必要などない」とご託宣があり、人々は歓喜して感涙の涙を流したとある。いずれの神も慈悲を尊ぶのはかわりないが、熱田神宮は特に、無住にとって慈悲を極めた縁ある神の社《やしろ》であったに違いない。

第二節　鎌倉街道をたどる

1　街道の宿と寺

①下津（折戸）

鎌倉に幕府が開かれると、「いざ、鎌倉」と、有事《ゆうじ》に武士が鎌倉に駆けつけるために、街道の整備が進められた。鎌倉街道には多数の幹線が含まれ、鎌倉から信濃や越後、奥州、そして京へ向かう道などがあるが、ここで対象とするのは鎌倉と京を結ぶ、京・鎌倉往還の鎌倉街道である。『沙石集』にはこの街道沿いの宿が多く登場する。先の右馬允明長の承久の乱の逸話においても、明長が隠れた青墓の北の山は、美濃国青墓宿の北方であるし、水かさが増して渡れなかった折津川《おりづがわ》は、現在の稲沢市《いなざわし》下津町を流れる青木川といわれている。明長が捕らわれたのは、渡河地点ということで、京を攻める鎌倉側の軍勢が結集していたと考えられる、下津《おりづ》（折津）宿周辺であろう。梵舜本『沙石集』巻八の五「馬かへたる事」には、牝馬《めすうま》を雄馬《おすうま》に交換しようとして、また牝馬を買ってきてしまった愚かな僧の話があるが、その馬市が開かれていたのが下津の市とされている。下津は折戸《おりど》とも呼ばれており、養和元年（一一八一）、墨俣川の戦いに敗れた源行家の軍勢が折戸の宿に陣を張り（『源平盛衰記』）、弘長二年（一二六二）、叡尊は折戸宿で中食《ちゅうじき》をとり長母寺へ向かっている。また、下津周辺には多数の寺院の存在が確認されており、建長六年（一二五四）、一説では無住の兄ともいわれる常円《じょうえん》によって再興された万徳寺《まんとくじ》や、同じく建長年間に良敏《りょうびん》によって再興された性海寺《しょうかいじ》など、無住と関わりがあったと思われる寺も多い。特に万徳寺は、嘉元三年（一三〇五）閏十二月に、慈眼《じげん》という僧が『雑談集』を書写した場所でもある。同年の七月に無住が執筆を終えたばかりの『雑談集』をすぐに借りて書写しており、あるいは「没後の形見に」と料紙まで用意して執筆をねだった「法愛なる僧」というのは、この慈眼のことかもしれない。次の話も、下津近辺に住む僧の話である。

去る文永七年七月十七日、尾張国折戸宿（梵舜本では折津宿《おりつ》）に落雷があり、道を行く僧の馬二、三頭にけがをさせた。雷は小家に走り込んで、帷子《かたびら》に袈裟《けさ》をかけ、双六《すごろく》を打ちながら座っていた僧の背中に駆け上がり、帷子をびりびりに引き裂く一方で、袈裟は少しも破らなかった。僧自身も無事であった。翌日、ことのついでがあって、私はその付近に出かけまして、確かに聞いた話です。不思議な話で、月日もしっかりと記憶しています。

〔巻六の十三「袈裟の徳の事」〕

擬人化された雷の描写も面白いが、話の主眼は袈裟の徳にある。文永年間の話が『沙石集』に多いのは先述した通りだが、本話は翌日に無住自身が実際に下津に赴き、確かに聞いた話だということが強調されている。下津は無住の日常的な行動範囲圏だったのである。

②中島・味鋺

尾張国中嶋《なかしま》という所に、遁世した上人が寺を建て、僧侶五、六人が住んで、戒律を守った生活をしていた。そこに生える大きな古木を、寺の造営のために切ろうとしたところ、在家の人に、神がのりうつって、「私たちは、この木を家とも思い、頼みにして住んでいるのに、無情にも僧が切ろうとなさっている。あまりにもひどいと思うので、おやめになるようお伝え下され」と言う。「それなら、その僧にこそとり憑いて、祟りもすれば良いのに、関係ない者をこのように苦しめることがあるか」と言うと、「私たちは、僧の袈裟を通して吹く風にもあたり、僧の唱える陀羅尼《だらに》の声をも聞いてこそ、苦しみも和らぐものなので、どうして僧を困らせることなどできましょうか。ただこのように申し上げてください」と言った。僧たちはこれを聞いて、木を切らないでおいた。このことは、十年ほど前のことである。よく知っている僧が語った話である。

〔巻六の十三「袈裟の徳の事」〕

同国味鏡《あじま》という所にも、これと全く同じことがあった。ある僧が木を切って寺の堂の修理をしようとしたところ、二回も人に神がのりうつった。樹神《こだま》が嘆いて、「僧は恐ろしいので直接申すことはできない。やめるように伝えてくれ」と言った。これは文永年中のことなので、もっと最近のことである。

〔梵舜本巻六の十八「袈裟徳事」〕

中島《なかしま》（中嶋）は現在の一宮市で、中島氏の居城である中島城があった付近と思われる。万徳寺から国府を過ぎて西北に進んだあたりであり、下津や万徳寺に行くことのあった無住にとっては、自身で足をのばす機会もあったかもしれない。

味鏡は名古屋市北区の味鋺《あじま》のことである。味鋺はもと長母寺領であり、味鋺村の有政《ありまさ》、徳若《とくわか》兄弟に無住が法華経の詞に節をつけたものを教え、それが尾張万歳《おわりまんざい》の発祥であるという伝承もある。味鋺にある天永寺は行基開山と伝わる古刹であるが、天永二年（一一一一）に西弥上人が再興して味鏡山天永寺護国院という真言宗寺院とした。この天永寺には有政らの墓が現存しており、真偽のほどはわからないものの、無住との関わりが知られるのである。味鋺は無住の弟子の道証の住んでいた勝川の地蔵寺から徒歩で三十分程である。無住は現在の名古屋市東区の長母寺と三重県桑名市の蓮華寺《れんげじ》を、八十歳を超えても往還していた。かなりの距離を頻回に行き来していたわけで、愛知県内のこれらの寺々へ行くことなどは朝飯前である。自らの行動範囲内における僧侶との交流を通して、説話収集にいそしんでいた無住の姿が浮かぶようである。ただここでとりあげた二話がいずれも、僧を恐れる神の話であることは興味深い。日本に仏教が伝来し神仏習合が進む中で、仏教の優位性を説くために、神もまた人間のように苦しむ存在で、仏教の救いを必要とすると仏教側は説いてきたわけだが、それを具現化したような出来事が、中島や味鋺といった無住の近辺でも起こっていたということになる。

③甚目寺（萱津）

　ここでいま一つ、あま市の甚目寺《じもくじ》をとりあげておきたい。甚目寺は推古天皇五年（五九七）創建の真言宗寺院である。文永元年（一二六四）に成立した『甚目寺観音縁起』によると、本尊は聖観音《しょうかんのん》で、伊勢国の漁師、甚目龍麿《はだめたつまろ》が海中から引き上げたと伝わる。この聖観音は、敏達天皇十四年（五八五）に物部守屋らによって海に投棄された三仏の一体とされている。他の二体はそれぞれ、阿弥陀仏は信州善光寺に、勢至菩薩は安楽寺（太宰府天満宮）に安置された。また時宗の一遍が、弘安六年（一二八三）に一週間程滞在して踊り念仏を行った寺としても著名である。江戸時代になると、徳川家康は名古屋城の鬼門にあたる四箇所の寺を鎮護として定め、それらは尾張四観音《おわりしかんのん》（甚目寺・龍泉寺・笠寺・荒子観音）と呼ばれるが、甚目寺は四観音筆頭でもある。ちなみに山田明長の命を救った龍泉寺もこの四観音の一つに含まれている。甚目寺は、鎌倉街道の萱津《かやづ》宿の至近に位置し、萱津宿は美濃から尾張への道と伊勢から尾張への道の結節点にある大変大きな宿駅であった。宿は川の東西に広がり、『吾妻鏡』によれば、源頼朝や藤原頼経、宗尊《むねたか》親王など、鎌倉将軍が鎌倉と京を往還する際には必ずこの萱津に宿泊している。中世の紀行文である『東関紀行《とうかんきこう》』には、市が立ち、人々が大勢集まって賑やかな様子が描かれている。この甚目寺観音の霊験は、街道を行き交う人々に共有され、伝播したらしく、無住よりは後の時代ではあるが、室町物語『姥皮《うばかわ》』も作られた。姥皮とは、着ると老婆、あるいは醜い姿になるという想像上の衣である。継子譚《ままこたん》や蛇聟入り譚《へびむこいりたん》と結びついて展開したが、同じ室町物語『鉢かづき』や、グリム童話にも同様の話型が見られる。継子物のシンデレラストーリーであり、継母にいじめられていた姫君が、甚目寺観音に祈念したところ「姥皮」をもらった。醜い婆の姿となった姫君は近江国へ行き、ある高貴な人の家で下働きをする。ひょんなことから姥皮を脱いだ姫君の美しさを知った貴公子と結婚しハッピーエンド、というあらすじである。甚目寺の近くには談義所が設けられ、この『姥皮』自体も実際に説法に用いられていた可能性も指摘されている。『沙石集』における次の話も、甚目寺近辺の日常で起こった珍事から教訓を説くものであり、甚目寺を中心とした説法、唱導活動の一環として無住の耳に届いた可能性もあろう。

尾張国の甚目寺のあたりに、十二、三歳くらいの女の子が菜を摘んでいたが、いきなり這いつくばって倒れた。農夫が見つけて、不思議に思って近寄ると、四、五尺ほどの蛇がそばに寄って、まとわりつこうとしていた。驚いて、取りのけようと思って鍬《すき》を取り、殺そうとすると、この蛇は女の子の首の辺りで、急に身を縮めたかと思うと、這っていって隠れた。農夫は立ち戻り、女の子に近寄って見ると、眠り込んだ様子でぼうっとしている。「どうした、どうした」と聞くと、少し意識を取り戻した。「何か覚えているか」と尋ねると、「ここに、若く美しい身分の高そうな人が、『そこに寝なさい。そこに寝なさい』とおっしゃったので、『何であれ、仰せに従おう』と思って、横になったとき、何があったのか、急に驚いて、おびえた様子になって、逃げ帰ってしまわれた」と言う。「お守りを持っているか」と聞くと、「持っていません」と答える。着物の中まで見たけれど、お守りのようなものはない。あまりに不思議に思って見てみると、尊勝陀羅尼を書いた紙を引き裂いて、元結《もとゆい》にしているのを見つけた。この陀羅尼の功徳だったと知ったのだった。お守りは持つべきものである。それと知らずに持っていてもご利益がある。尊んで身につければ、ご利益のあることと疑いなしである。これは文永年間に起きたことである。

〔巻九の十八「愚痴の僧の牛に成りたる事」〕

昔話の蛇聟入り譚のようであるが、未遂に終わった話である。ここでの主眼は尊勝陀羅尼《そんしょうだらに》の利益と、お守りの大切さである。何気なくつけていても、尊勝陀羅尼を書いた紙を使った紐《ひも》で髪を結っていたおかげで蛇の難から救われたので、意識して尊んでお守りを持てば、必ずご利益があるという話である。これは文永年間のこととされている。『沙石集』には文永年間の話が比較的多いのだが、これは無住が尾張に来てから三〜十年程の期間である。尾張に来て、地元の僧侶と活発に交流する中で、興味深い話がたくさん共有され、それが無住自身の説法、ひいては説話集編纂の話材として活用されていく様子が想像される。同時に甚目寺自体の縁起である『甚目寺観音縁起』が文永元年に執筆されていることを考えると、甚目寺を中心とした言説がまとめられ、新たに作られていく時期にもあたっていたのであろう。

④矢作

三河国の鎌倉街道についてであるが、『沙石集』には矢作《やはぎ》宿の記載がある。文永年間の大飢饉に関するもので、美濃国や尾張国ではたくさんの餓死者を出した。その時美濃国に住む母子が、そのままでは餓死してしまうので、母親のために息子が身売りをすることになった。泣く泣く別れた息子が連れてこられたのが三河国矢作宿である〔巻七の九「身を売りて母を養ひたる事」〕。矢作宿は萱津宿と並ぶ大きな宿で、川をはさんで東宿と西宿にわかれていた。そこでは様々な売買が行われていたが、人買いも堂々と矢作宿に宿泊しているのである。人買いは中世では横行しており、謡曲の『自然居士《じねんこじ》』や『隅田川』、説経節の『さんせう太夫』などにも、その様子が描かれている。

当時、美濃から尾張、三河へ入る際の主要ルートは、墨俣―下津―萱津―熱田―鳴海《なるみ》―二村山《ふたむらやま》―八橋《やつはし》―矢作であったが、『沙石集』では無住自身の体験を通してそれらの様相が活き活きと描かれているのである。

2　尾張万歳と三河万歳

無住を知る一つの側面として、万歳《まんざい》の創始者ということがある。万歳は、新年を祝う歌舞であり、祝詞《のりと》を述べる太夫《たゆう》と小鼓を打ちながら合いの手を入れる才蔵《さいぞう》の二人一組で行う祝福芸である。『開山無住国師略縁起』には、「有助という者に二人の息子がおり、兄を有政、弟を徳若といった。父子共に庭の掃除などをして生活していたが、無住が弟の徳若に法華経の文字を授け、正月を祝わせ、これを万歳楽といった。これが万歳の始めである」と書かれている。万歳の起源については諸説あるものの、尾張万《おわりまん》歳《ざい》（知多万歳）の創始は無住にさかのぼっても良いと思われる。というのも、知多万歳の伝わっている寺本《てらもと》（知多市八幡）や藪村《やぶむら》（東海市）周辺は、長母寺の寺領であり、長母寺を介して芸能が伝播した可能性があるからである。そのつながりを明らかにするものとして、次の話の存在は重要であろう。

尾張の智多郡《ちたぐん》に、阿弋《あくい》・寺本という並んでいる場所があり、それぞれの地頭は、伯父と甥の関係だった。ある時、阿弋の代官が越境して、寺本の土地を横領した。寺本の代官が、この事態を地頭に報告すると、わずかな土地であったことを聞いて、「親類の間のことだ。ちょっとしたことで訴訟するべきではない。放っておけ」と指示された。普通の人はことの大小を問わず、何でも恨み妬むものなのに、寺本の地頭はもともと賢者であって、このように命令したのだ。このことを阿弋の地頭はまったく知らず、長年経ってから、自然に耳に入った。すると大変恥じ入って、「私が知っていながら、このようにしていたと思われているだろう。どうしたらよいか」と大変悲しんで、「阿弋の方《ほう》の土地をたくさん、寺本の方へ越境させて、そのままにしておけ」と命令なさったと聞いた。今の地頭の先祖の話である。たいへん賢いことである。

〔『雑談集』巻八「賢者事」〕

阿弋は現在の阿久比《あぐい》町であり、知多市と隣接している。知多市の中でも東寄りに位置する寺本と領地が隣り合っていたということにも合点がいく。自らが住持する寺の領地であるからこそ、遠い知多の話が無住の耳にも届いたのだろうか。本話は、尾張万歳の起源として、無住を考える有力な根拠となるのではないだろうか。

一方で三河万歳《みかわまんざい》のうち、西尾市に伝わる森下万歳の起源も無住とつながるようである。西尾市上町《かみまち》あたりが古くは森下村と呼ばれていたことからこの名があるが、その上町にあるのが実相寺《じっそうじ》である。実相寺はもと臨済宗東福寺派であり、開山は聖一国師円爾弁円、そして実質上の住持は、二世とされる応通禅師無外爾然《むがいにねん》であった。爾然は無住と円爾門下で法眷《ほうけん》であり、爾然が書写していた『阿娑縛抄《あさばしょう》』が長母寺でも書写されるなど、実質的な交流があったと考えられる。加えて無住の医術の師である導生《どうしょう》は、宋から帰国後この実相寺に住んでおり、医術の伝授のためにも、無住が実相寺を度々訪れていた可能性もある。爾然も導生も共に入宋経験者であり、実相寺は中国から帰国した僧の集まる大寺であった。そのような背景を持ちつつ、森下万歳の起源は、この爾然にあるとする伝承が『実相寺伝記《じっそうじでんき》』にある。爾然が宋へ留学していた頃、万歳楽という芸能を知り、後に陣昭《じんしょう》・答谷《とうごく》という宋の官吏が、政争のため爾然を頼って日本に来たので、生活のために二人に万歳を教えた、というものである。文章の得意な無住が歌詞を作り、宮中で行われていた正月行事を真似て、爾然が万歳楽賦を作った、という二人の共同作業説もあるらしい。真偽の程は不明だが、無住をめぐる僧侶のネットワークや長母寺をめぐる関係寺院を考えると、尾張万歳、三河万歳ともに無住との関連を真剣に考えても良いかもしれない。

『沙石集』は、尾張で生まれた説話集である。無住が先行する作品からの書承だけではなく、彼自身が実際に耳にしたリアルタイムの話材を多く作品に収録することができたのは、尾張という場所の地理的な利便性が大きく関わっていた。京・鎌倉往還の東海道は近世の東海道と異なり美濃国を経由し、信州に続く信濃路は善光寺詣の人で賑わった。伊勢神宮への参詣を目指す人々も、尾張を経由していく。生来の話し好きに加えて、この長母寺の位置関係が、彼をして日本中世の一大説話集編者に押し上げたともいえるであろう。

おわりに

『沙石集』に収録される説話は実に多彩である。それは無住が仏教布教を目的としながらも、他者への好奇心に満ち、人の話を聞くことを好んだからであろう。無住は『沙石集』執筆の意図を、最後に「述懐《しゅっかい》の事」にまとめている。

人の常として、読経や念仏、座禅観法などをしていると、時間がとても長く感じられるのに、無意味な雑談をしていると、熱中して、日が落ちて夜が明けるのも気づかない。

しかし世間の物語は、多くはとりとめもない身の上話やむなしい願望を綴ったもので、口の過失が多く欲も深いので、輪廻の苦しみのきっかけとなる。

だからそういった世間の物語を読む時間をこの『沙石集』を読む時間にあてれば、自然に神の深い心を知り、仏の広大な恵みを信じ、仏道修行者のはるかな徳を敬い、在家人の素直なことをも学んで、因果の道理をわきまえ、賢と愚との種類を分別し、経文の絶妙な趣旨を悟って、隠遁の賢い道に入る人がいるかと思い、思い出すままに、日本と中国のこと、昔と今の物語、どういうこともないことなどを書き置くのです。

自分が実際見聞きした話を『沙石集』という作品を通して伝えることによって、読者が無理なく仏道の道に導かれること、それが『沙石集』を書いた最も大きな目的であった。現代でも特に意味のない雑談ではあっという間に時間が過ぎてしまうが、授業や会議の時間は延々と長く感じる時がある。無住の述べていることは、対象は違っても十分共感できることで、時代は異なれど「人の常」なのである。無住の自詠、「座禅誦経学《ざぜんずきょうがく》し書き読む人ぞなき飲食《のみくい》遊び色にのみ富《と》む」〔『雑談集』巻四「無常の言」〕にも通じるのである。

賢人の前には進めがたいけれども、捨ておくこともできずに話を集めました。もともと田舎に生まれ育ち、文書も習わず、歌道も知らず、仏法の一宗さえも本格的に学ぶことなく、ただひたすらの山がつ（山に住む身分の低い者。謙遜）でありますが、暮らしていく煩いを逃れるために、人のまねをして遁世門《とんせいもん》に入りました。出離の要法のみを問い語って修行し、道人（仏道修行者）に近づき、志は疎いとはいっても、望むのは菩提を得ることです。このことから、諸宗の肝要、経論の至要、文義についてところどころ聞きかじりましたのを、世間話の中に書き交えて、仏法に巡り会うきっかけとしようと思うのみであります。

渡世《とせい》のために人まねをして遁世門に入ったと言うが、そのような僧について、「遁世の遁は時代に書きかへむ昔は遁《のが》る今は貪《むさぼ》る」〔梵舜本巻三の八「栂尾《とがのお》上人物語事」〕と皮肉っているので、これは謙遜である。ここでわざわざ「歌道も知らず」と言っているが、無住は和歌を大変好んでいた。古人の秀歌に親しんでいたのはもちろんだが、自らも道歌や教訓歌と思しき個性的な歌を多く残している。ただいわゆる正風体《しょうふうてい》の和歌は詠めなかったのか、それが「歌道も知らず」という自嘲につながっているのだろう。しかし無住が、和歌を詠む意義を「和歌陀羅尼観《わかだらにかん》」という考え方で主張したことは重要である。執着を離れた清らかな心で詠む和歌はすなわち陀羅尼〔梵語をそのまま音読する経文〕であるから、和歌を詠むことは仏の意にかなっている、としたのである。

和歌の徳を考えてみると、乱れて落ち着かない心を静め、心を静かに澄ます徳がある。また少ない文字数に、深い意味を含んでいる。惣持《そうじ》の徳がある。惣持はすなわち陀羅尼である。日本の神は、仏菩薩の垂迹であり、この世にあらわれた最高の姿である。とうの昔に素戔嗚尊《すさのおのみこと》が出雲八重垣《いずもやえがき》の歌を詠んで、三十一文字《みそひともじ》の和歌を始めなさった。和歌は仏の言葉なのである。天竺《てんじく》の陀羅尼も、天竺に暮らす人の言葉である。仏はその土地の言葉で陀羅尼をお説きになった。それゆえ、一行禅師の『大日経疏《だいにちきょうしょ》』にも、「それぞれの土地に応じた言葉は、すべて陀羅尼である」と言っている。仏がもし我が国にお生まれになったら、ただ日本の言葉をもって、陀羅尼となさるであろう。

〔巻五本の十四「和歌の徳甚深なる事」〕

和歌陀羅尼観の確立以前に、狂言綺語観《きょうげんきぎょかん》という言語理解があった。もとは中国の白居易《はっきょい》が、狂言（道理に合わない言葉）綺語（飾り立てた言葉）、つまり文学的営為と仏道は究極的には一致するという考えを示したことに始まるが、日本では和歌を含む狂言綺語は仏道に反するという理解があった。それは無住が『沙石集』序文冒頭（あえて原文で示す）において、

それ麁言軟語《そごんなんご》（粗野な言葉と温和な言葉）みな第一義（究極の真理）に帰《き》し、治生産業《じしょうさんごう》（生活をするための行い）しかしながら実相《じっそう》（真理）にそむかず。然れば狂言綺語《きょうげんきぎょ》のあだなる戯《たわむ》れを縁として、仏乗《ぶつじょう》（仏道）の妙なる道を知らしめ、世間浅近《せけんせんごん》の（世間の浅薄で卑近な）賤《いやし》きことを譬《たとへ》として、勝義《しょうぎ》（真理）の深き理《ことわり》に入らしめむと思ふ。

と記したことにも深く関係しており、従来の狂言綺語観とは別次元のものとして、和歌陀羅尼観が提示されたのである。和歌を天竺（インド）・震旦《しんたん》（中国）・本朝（日本）という三国的世界観の中で把握することは、無住以前にも認められ、殊に慈円が著名である。ただ無住によってそれが禅と密教との融合という教説に結びつけられたことは特筆すべきことであり、『沙石集』の和歌陀羅尼観は、後世においても享受され続けていくことになる。この信念に基づき、『沙石集』の巻五末には多くの和歌説話が、そして随所に無住の自詠が散りばめられているのである。

さて「述懐の事」ではこの後、無住は、「確信なく書いていることも多いので、後の賢人に、訂正し

明らかにして広めてほしい」と続け、中国の荊渓湛然《けいけいたんねん》が書いた『金錍論《こんぺいろん》』と紫式部の『源氏物語』を引き合いに出し、「ことによせて作ったものではあるけれど、あるいは世の人の情けがあることを思い、あるいは仏法の意味を理解させるためにその跡を残している」作品であるから、昔と今という違いはあるけれど、『沙石集』も志は同じである、と述べている。『金錍論』はわかるが、なぜここで『源氏物語』が出てくるのか、世間の物語としての評価か、それとも『源氏物語』の底辺に流れる仏教思想を強く意識してのことなのだろうか。紫式部堕地獄説話なども語られていくなかで、この無住の『源氏物語』への評価は注意をひくものがある。仏教者における『源氏物語』享受の問題にも関わっていきそうではあるが、とにかくも、「この『沙石集』が遙か後の世まで広まり、迷える衆生《しゅじょう》を導くきっかけになるようにしてほしい」という無住の心願は、受け継がれていくことになる。

『沙石集』は、後世においても多くの読者を獲得した。真福寺蔵『類聚既験抄《るいじゅきげんしょう》』は『沙石集』から多くの本文を抄出し、『法華経』注釈書である日光天海蔵『直談因縁集《じきだんいんねんしゅう》』には『沙石集』関連話が大量に認められる。連歌師の心敬《しんけい》が『ささめごと』に『沙石集』から多くを引用していることも特筆すべきである。抜書本も度々作られ、江戸時代に入ると版本が幾度も刊行された。『続沙石集』、『新撰沙石集』といった、書名に『沙石集』の名を踏襲した全く新しい作品も編まれるようになったが、もちろん『沙石集』自体を愛読し、自らの作品に引用した安楽庵策伝《あんらくあんさくでん》の『醒睡笑《せいすいしょう》』、本居宣長の『玉勝間《たまかつま》』、近世仏教説話集ともいえる『観音冥応集《かんのんめいおうしゅう》』などとの関連性も忘れてはならない。『沙石集』はその仏教的な教義を説く硬質な内容から、江戸時代は法語に分類されることもあったが、僧侶の世界では無住在世時から、何度も何度も書写が繰り返され、その内容が共有、継承されて、『沙石集』の話の奇抜さ面白さは、宗教界を越えて多くの文化人をも魅了していくのである。

近代に入っても『沙石集』の多彩な面白さは人々を惹きつけた。説話集から多くの話材を得て小説を書いた芥川龍之介は、第一高等学校時代に全七十八編の奇談怪談を大学ノート一冊にまとめ、『椒図志《しょうずし》異《い》』と名づけたが、そこには『沙石集』の天狗に関する話が収録されている。もっともそれは平田篤胤の『古今妖魅考《ここんようみこう》』からの孫引きであるらしいが、友人の菊池寛が『沙石集』をもとに『頸縊《くびくく》り上人』を書いているのは先述の通りである。大正十一年（一九二二）夏、菊池はぶらりと山本有三のもとを訪れ、「明日までに何か書かなくてはならないが、書くものがなくて困っている」と言った。そこで山本が、その時読んでいた本の話をすると、興味を示し題名を尋ねた。「『沙石集』だよ」と教えると、そのままそれを借りていき、翌日の夕方、「書いたよ」と言って山本に返却した。その時書かれたのが『頸縊り上人』であり、山本は後日、その出来の良さに感心したらしい。第三次・四次新思潮を代表する作家たちの中でも、『沙石集』の存在が大いに創作意欲を刺激したようである。

『沙石集』は誰のために書かれたのであろうか。無住は後に『聖財集』下巻奥書において、「先年沙石集十巻、在家《ざいけ》の愚俗《ぐぞく》の為に草案して侍りし。老病の懈怠《けたい》、再治に及ばずして世間に披露す。心外の事なり」（天理本）と書いている。「在家の愚俗（出家していない愚かな世間の人々）」のために書いたにしては、

『沙石集』は難解すぎるとこの言葉の信憑性を疑う向きもあったが、私はここに無住の真意があると思っている。無住の著作を読むと、彼は実に人を良く見ている人であったと感じる。他者の性格や立場、喜怒哀楽の様々な感情に敏感であり、定まった方法で一方的に仏の教えを説くのではなく、相手に受け入れやすい手段は何かを常に模索していたように思う。それはおそらく彼の僧医としての立場が影響していたのではないだろうか。病気治療において、一通りの治療に効果がなければ、臨機応変にさまざまな手法を試みる必要があっただろう。相手をよく観察する、ということも必須である。他者の感情の機微に敏感なのは、彼自身がまたおのれの出生や生き方に、満足だとしながらも葛藤を抱え続けていたからかもしれない。高いところからお決まりの仏教を説くのではなく、在野で、人々の生活や人生を感じながら仏の道へ導く、それが無住の仏教布教の方法であり、『沙石集』に収録された話の数々が、布教のためとはいいつつどこか親近感を与えるものである理由なのであろう。もちろん『沙石集』そのものを在家の人々が直接読めたわけではないが、無住が『沙石集』を執筆する際に頭に思い浮かべ、またその言葉を届けたいと願っていたのは、彼の日常を取り巻いていた在家の人々であったのである。

あとがき

『沙石集』との出会いは大学院修士課程の時であった。学部時代に、「それ麁言軟語……」の最初の一行で読むことを断念したが、改めて先まで読んだところ、何か惹きつけられるものがあった。無住は諸宗兼学の学識ある僧であったが、お高くとまっていないところが良かった。自分自身人生の中で様々なことを考え、時に諦めてきたのだろう、その経験からくる他者への理解、完璧を求めない、という意味での寛容さが行間からにじみ出ているようで、その言葉はリアルで、現代の私にも刺さったのである。無住のことを考えていくと、意外にも当時の宗教界の水面下の動向や著名な高僧たち、歴史的、政治的諸事件やそこで躍動した人物へとつながっていき、世界はどんどん広がっていった。この人とこの人はどこかで会っていたのではないか、この情報は実はこのお寺同士の関係性からもたらされたのではないか、などと点と点がつながり線になり、謎解きのような展開に興奮を覚えることもあった。その『沙石集』の面白さや奥深さをたくさんの人に知ってもらいたい、という気持ちから本書を書いたが、少しでも伝えることができただろうか。微力は承知のうえだが、本書をきっかけとして、『沙石集』や無住について、多くの人が知り、各人の関心にひきつけて何かを感じ得てもらえたら幸いである。それは無住の心願に沿うことにもなるだろう。

『沙石集』に関する一般書を、というお話自体は、今から十年以上前に恩師である小島孝之先生からいただいていた。それがここまで遅れてしまったのは、ひとえに私の力不足ゆえである。ひたすらお許しを請うしかないのだが、その間、名古屋の大学に奉職することになり、無住とゆかりのある場所を実際に訪ね歩き、多少なりとも土地勘がついたのは嬉しいことであった。名古屋に在住して得た知見は、きっと本書の内容にも活かされているはず、と信じたい。

本書をなすにあたって、お世話になった方々はあまりにも多く、とても全ての方のお名前をあげることはできないが、特に無住研究会の皆さんには、いつも支えていただき、無住について真剣に考える刺激的で幸せな時間を共有させていただいている。感謝と共に、今後ともよろしくお願いします、とお伝えしたい。

また、貴重な資料の画像掲載を許可して下さった、長母寺、根津美術館、高野山龍光院、高野山霊宝館にも、この場を借りて御礼申し上げる。

本書の企画が始まってから、はや五年が過ぎてしまった。その間、温かく辛抱強く待っていて下さった株式会社あるむの吉田玲子氏には、原稿執筆に入ってからも構成や内容についてのアドバイスをいただいた。また古田愛子氏には、掲載図版をはじめ、全体の編集組版においてご尽力いただいた。一般書を書くのが初めての私がこうして本書を出すことができるのは、ひとえにお二方のお力添えによる。心より御礼申し上げる。

最後に、構想だけは長期にわたり、執筆にも苦労した私を励まし支えてくれた息子に感謝を伝えたい。

なお本書は、令和四年度学習院女子大学研究成果刊行助成を受けて刊行されるものであり、ＪＳＰＳ科研費（18H00645）の研究成果の一部である。

土屋有里子

二〇二二年八月

無住関連地図（尾張・美濃・伊勢）

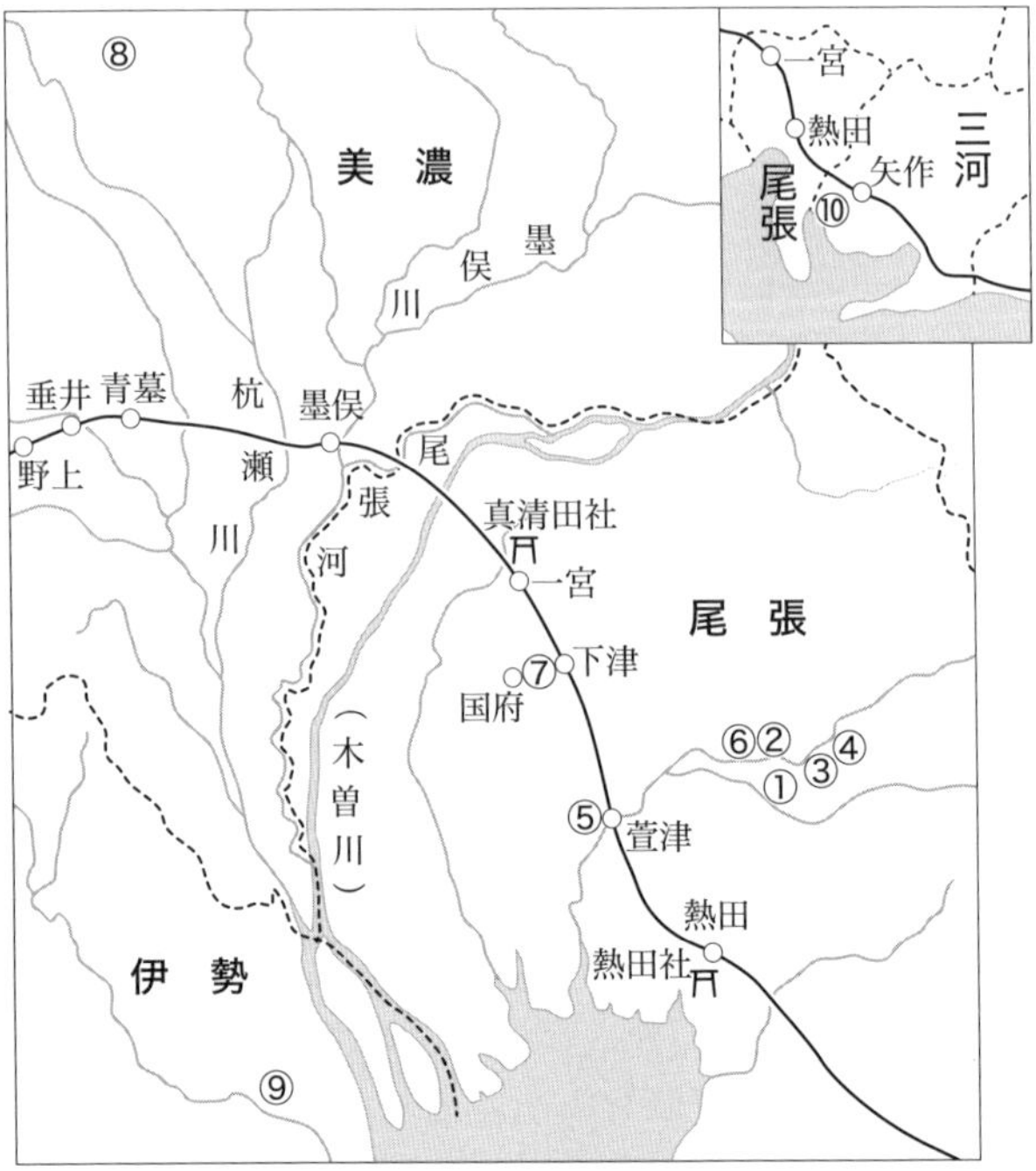

関幸彦『承久の乱と後鳥羽院』（吉川弘文館、2012年）をもとに作成。

①長母寺	⑥天永寺護国院（味鋺）
②地蔵寺	⑦万徳寺
③長慶寺	⑧横蔵寺
④龍泉寺	⑨蓮華寺（現在廃寺・桑名）
⑤甚目寺（萱津）	⑩実相寺

無住関係略年表

無住の著作から判明する事項（○）、同時代の確実な資料による無住関連事項（□）、無住と関連深い人物の事項（▽）についてまとめたものである。真福寺諸資料による無住関連事項については、『無住集』（『中世禅籍叢刊』第五巻、臨川書店、二〇一四）所収の「尾張・三河寺社所蔵聖教識語による無住道暁事蹟年譜」に拠った。

年号	西暦	年齢	事項
嘉禄二	一二二六	1	○十二月二十八日卯時（午前六時頃）誕生。
暦仁元	一二三八	13	○鎌倉の僧房に住む（寿福寺か）。
仁治元	一二四〇	15	○下野国の伯母のもとへ下る。
二	一二四一	16	○常陸国の親族に養われる。
寛元元	一二四三	18	○出家する。
三	一二四五	20	○法身坊上人に法華玄義を聴く。まもなく師（三井寺の円幸教王房法橋）から住坊を譲られる。
宝治二	一二四八	23	○祖母尼公に教訓を受ける。

年号	西暦	年齢	事項
建長四	一二五二	27	○住房を律院にする。 ○上野国世良田長楽寺へ行き、朗誉に釈論を聴く。 ▽十二月四日、忍性が常陸国三村山極楽寺に入る。
五	一二五三	28	○遁世の身となり、これより律を学ぶこと六、七年に及ぶ。
六	一二五四	29	○実道房上人に摩訶止観を聴く。
文応元	一二六〇	35	○寿福寺にて、朗誉から釈論・円覚経を聴き座禅に励むが、脚気のため一年に満たず。
弘長元	一二六一	36	○大和国菩提山正暦寺へ行き、東寺三宝院流の真言を受ける。 ○この頃、京の東福寺へ行く。
			○弘長年間に、伊勢大神宮に参詣する。
二	一二六二	37	○尾張国木賀崎霊鷲山長母寺に止住する。 ▽叡尊、二月四日以前に西大寺を出発し関東に下る。二月十日、長母寺に入る。二月二十七日、鎌倉に着き、ついで釈迦堂に入る。八月十五日、西大寺に帰る。 ▽忍性、三村山極楽寺から鎌倉へ移る。 □二月七日、無住（常陸国三村寺僧道篋比丘）、長母寺からの書状を叡尊一行に届ける（『関東往還記』）。
文永元	一二六四	39	□長母寺において「良円」の識語を有する『二教論鈔』が書写される（『逸題無住聞書』識語）。
八	一二七一	46	□円爾が「和尚注文」を談じ終わり、無住（道暁）がこれを略記する（『逸題無住

			聞書』識語）。
建治三	一二七七	52	□無住（道篋）、菩提山寺常光院で察照より伝授を受けて書写する（『逸題無住聞書』識語）。 ▽六月、蔵叟朗誉没。
弘安元	一二七八	53	▽七月、蘭渓道隆没。
二	一二七九	54	○五月（？）『沙石集』の執筆開始。
三	一二八〇	55	▽十月、円爾弁円没。
六	一二八三	58	○八月、『沙石集』の執筆を終える。
正応三	一二九〇	65	▽八月、叡尊没。
永仁元	一二九三	68	○三月、道慧、大原野において『沙石集』巻一を書写。 ○五月、道慧、土御門油小路において『沙石集』巻八を書写。
二	一二九四	69	○一月、道慧、正親町油小路において『沙石集』巻二を書写。 ○二月、道慧、正親町油小路において『沙石集』巻四を書写。
三	一二九五	70	○四月、道慧、大原野において『沙石集』巻三・巻五・巻六を書写。 ○十一月、『沙石集』巻二に裏書をする。
四	一二九六	71	□「―照」、木賀崎方丈草案本を書写する（『逸題無住聞書』識語）。
五	一二九七	72	□無住（道暁）、二十日の灌頂のついでに披見した『灌頂論釈』に奥書を記す（『灌頂論釈』本奥書識語）。
正安元	一二九九	74	○四月、『聖財集』下巻を脱稿。

年号	西暦	年齢	事項
			○六月、『聖財集』上巻を脱稿。
嘉元元	一三〇三	78	○三月、道慧、『沙石集』を道証に渡し、京の西方寺において『沙石集』を再度書写する。 □木崎寺（長母寺）にて実相寺方丈本を以て『反音鈔』が書写される（『反音鈔（阿娑縛抄）』奥書識語）。
			▽七月、忍性没。
二	一三〇四	79	○六月、『雑談集』巻一を脱稿。 ○十一月、『雑談集』巻七を脱稿。 □無住（道暁）、『灌頂論釈』に重ねて識語を記す（『灌頂論釈』本奥書識語）。
三	一三〇五	80	○三月、長母寺住持を弟子の順一房に譲り引退する。 ○七月、『雑談集』巻十を脱稿。 ○閏十二月、慈眼、万徳寺において『雑談集』を書写。 ○閏十二月、『聖財集』を改訂し、清書本を定める。
徳治二	一三〇七	82	□無住（和尚）、蓮華寺道場で義一に法を伝授する（『逸題秘決断簡』識語）。
延慶元	一三〇八	83	○五月、『沙石集』巻四に裏書する。 ○十二月、伊勢国桑名蓮華寺において『聖財集』上巻を添削し、長母寺において『聖財集』中巻を添削する。 ○『沙石集』巻五に裏書する。
二	一三〇九	84	□義一、『灌頂論釈』を書写する（『灌頂論釈』本奥書識語）。

			□無住（道暁）、先年、草本により『三昧耶戒作法』を著す（猿投神社蔵『三昧耶戒作法』本奥書識語）。
応長元	一三一一	86	○四月、蓮華寺において『聖財集』下巻を添削する。
正和元	一三一二	87	○十月十日、入滅。

主要参考文献

【テキスト類】
小島孝之校注・訳、新編日本古典文学全集『沙石集』（小学館、二〇〇一年）〔米沢本〕
渡邊綱也校注、日本古典文学大系『沙石集』（岩波書店、一九六六年）〔梵舜本〕
深井一郎編『慶長十年古活字本沙石集総索引――影印編・索引編』（勉誠社、一九八〇年）〔慶長古活字本〕
筑土鈴寛校訂『沙石集』上・下（岩波文庫、岩波書店、一九四三年）〔貞享三年刊本〕
土屋有里子編著『内閣文庫蔵『沙石集』翻刻と研究』（笠間書院、二〇〇三年）〔内閣文庫本〕
山田昭全・三木紀人校注、中世の文学『雑談集』（三弥井書店、第三刷、一九八〇年）
中世禅籍叢刊編集委員会編『無住集』（臨川書店、二〇一四年）
細川涼一訳注『関東往還記』（東洋文庫、平凡社、二〇一一年）
新訂増補国史大系『吾妻鏡』（吉川弘文館、一九三二年・一九三三年）
五味文彦・本郷和人編『現代語訳吾妻鏡』（吉川弘文館、二〇〇七年）
赤松俊秀・岡見正雄校注、日本古典文学大系『愚管抄』（岩波書店、一九六七年）
大隅和雄訳『愚管抄 全現代語訳』（講談社学術文庫、講談社、二〇一二年）
古田紹欽『栄西 喫茶養生記』（講談社学術文庫、講談社、二〇〇〇年）
久保田淳・益田宗校注『承久記』（新日本古典文学大系『保元物語　平治物語　承久記』、岩波書店、一九九二年）
松林靖明校注『新訂承久記』（現代思潮新社、二〇〇六年）

【著書・論文】※論文については、直接参考にしたものに限った。
愛知県史編さん委員会編『愛知県史別編 文化財四 典籍』（愛知県、二〇一五年）
愛知県史編さん委員会編『愛知県史 通史編二 中世一』（愛知県、二〇一八年）
浅見和彦『東国文学史序説』（岩波書店、二〇一二年）
阿部泰郎「『逸題無住聞書』解題」（中世禅籍叢刊編集委員会編『無住集』、臨川書店、二〇一四年）
荒木浩『徒然草への途――中世びとの心とことば』（勉誠出版、二〇一六年）
伊藤聡「外宮高倉山浄土考」（『國學院大學日本文化研究所紀要』八三、一九九九年三月）
伊藤聡「『沙石集』と中世神道説――冒頭話「太神宮御事」を巡って」（『説話文学研究』三五、二〇〇〇年七月）
伊藤聡「猿投神社所蔵の無住撰述『三昧耶戒作法』について」（『愛知県史研究』五、二〇〇一年三月）
伊藤聡「猿投神社所蔵無住撰述書をめぐって――三河・尾張の中世寺院」（『愛知県史研究』七、二〇〇三年三月）
伊藤聡「無住撰述三昧耶戒作法解題」（『豊田史料叢書 猿投神社聖教典籍目録』、豊田市教育委員会、二〇〇五年）
伊藤聡『中世天照大神信仰の研究』（法藏館、二〇一一年）
伊藤聡『神道とは何か――神と仏の日本史』（中公新書、中央公論新社、二〇一二年）
伊藤聡『神道の中世――伊勢神宮・吉田神道・中世日本紀』（中公新書、中央公論新社、二〇二〇年）
岩間眞知子「薬としての茶――栄西・性全・忍性・叡尊」（永井晋編『中世日本の茶と文化――生産・流通・消費をとおして』、勉誠出版、二〇二〇年）
鵜飼雅弘他「中世下津宿を考える」（『愛知県埋蔵文化財センター研究紀要』一〇、二〇〇九年）
江田郁夫『下野長沼氏』（戎光祥出版、二〇一二年）
江田郁夫『中世宇都宮氏』（戎光祥出版、二〇二〇年）
榎原雅治『中世の東海道をゆく――京から鎌倉へ、旅路の風景』（中公新書、中央公論新社、二〇〇八年）
追塩千尋『中世の南都仏教』（吉川弘文館、一九九五年）

追塩千尋『日本中世の説話と仏教』（和泉書院、一九九九年）
追塩千尋「無住と政治的諸事件――その意義付けなどをめぐって」（『北海学園大学人文論集』六二、二〇一七年四月）
大隅和雄『中世 歴史と文学のあいだ』（吉川弘文館、一九九三年）
大隅和雄『信心の世界、遁世者の心』（中央公論新社、二〇〇二年）
大塚紀弘『中世禅律仏教論』（山川出版社、二〇〇九年）
加美甲多「後世における『沙石集』受容の在り方と意義――「思潮」としての『沙石集』」（大取一馬編『日本文学とその周辺』、思文閣出版、二〇一四年）
苅米一志「「三輪上人行状」の形成と構造」（『就実大学史学論集』三三、二〇一八年三月）
京都文化博物館『よみがえる承久の乱――後鳥羽上皇 vs 鎌倉北条氏』（京都文化博物館、二〇二一年）
久保木秀夫「『発心和歌集』選子内親王作者説存疑」（『中古文学』九七、二〇一六年六月）
神津朝夫『茶の湯の歴史』（角川学芸出版、二〇〇九年）
小島孝之『中世説話集の形成』（若草書房、一九九九年）
小島孝之編『説話の界域』（笠間書院、二〇〇六年）
小島孝之監修『無住――研究と資料』（あるむ、二〇一一年）
小林直樹『中世説話集とその基盤』（和泉書院、二〇〇四年）
小林直樹「無住と金剛王院僧正実賢」（『文学史研究』四九、二〇〇九年三月）
小林直樹「無住と金剛王院僧正実賢の法脈」（『説話文学研究』四四、二〇〇九年七月）
小林直樹「無住と武家新制――『沙石集』撫民記事の分析から」（『無住――研究と資料』、あるむ、二〇一一年）
小林直樹「『沙石集』と『宗鏡録』」（『日本文学研究ジャーナル』一〇、二〇一九年六月）
小林直樹「『沙石集』の実朝伝説――鎌倉時代における源実朝像」（渡部泰明編『源実朝 虚実を越えて』、勉誠出版、二〇一九年）

小松茂美編『土蜘蛛草紙　天狗草紙　大江山絵詞』（続日本絵巻大成一九、中央公論社、一九八九年）
今野慶信『中世の豊島・葛西・江戸氏』（岩田書院、二〇二一年）
埼玉県立嵐山史跡の博物館・葛飾区郷土と天文の博物館編『秩父平氏の盛衰――畠山重忠と葛西清重』（勉誠出版、二〇一二年）
坂井孝一『源実朝「東国の王権」を夢見た将軍』（講談社、二〇一四年）
坂井孝一『承久の乱――真の「武者の世」を告げる大乱』（中公新書、中央公論新社、二〇一八年）
清水亮『中世武士畠山重忠――秩父平氏の嫡流』（吉川弘文館、二〇一八年）
関幸彦『承久の乱と後鳥羽院』（吉川弘文館、二〇一二年）
高橋忠彦『茶経・喫茶養生記・茶録・茶具図賛』（淡交社、二〇一三年）
高橋修「笠間時朝論序説」（江田郁夫編『中世宇都宮氏――一族の展開と信仰・文芸』、戎光祥出版、二〇二〇年）
高橋修「笠間時朝論序説　補遺――西大寺叡尊と「笠間禅尼」」（『常総中世史研究』九、二〇二一年三月）
高橋修「笠間時朝と小田一族――叡尊・忍性との交流から」（『八田知家と名門常陸小田氏――鎌倉殿御家人に始まる武家の歴史』、土浦市立博物館、二〇二二年）
高橋秀栄「新出資料・絵巻物『天狗草紙』の詞書」（『駒澤大学仏教学部研究紀要』五六、一九九八年三月）
高橋秀樹『北条氏と三浦氏』（吉川弘文館、二〇二一年）
土浦市立博物館編『中世の霞ヶ浦と律宗――よみがえる仏教文化の聖地』（土浦市立博物館、一九九七年）
土浦市立博物館編『八田知家と名門常陸小田氏――鎌倉殿御家人に始まる武家の歴史』（土浦市立博物館、二〇二二年）
土屋貴裕「「七天狗絵」と「天狗草紙」――〈二つの天狗草紙〉とその成立背景」（『仏教文学』三〇、二〇〇六年三月）
土屋有里子「無住と宇都宮歌壇」（古代中世文学論考刊行会編『古代中世文学論考』第五集、新典社、二〇〇一年）
土屋有里子「無住と山田一族――『沙石集』巻二「薬師観音利益事」を中心として」（『学術研究』五〇、二〇〇二年三月）
土屋有里子「無住著作における法燈国師話――鎌倉寿福寺と高野山金剛三昧院」（『國語と國文學』七九―三、二〇〇二年

三月)
土屋有里子「無住と天台密教――『阿娑縛抄』と三河実相寺」(『日本文学』五五―一二、二〇〇六年一二月)
土屋有里子「『妻鏡』成立考――女人説話の検討から」(『国語国文』七七―一二、二〇〇八年一二月)
土屋有里子『『沙石集』諸本の成立と展開』(笠間書院、二〇一一年)
土屋有里子「無住の内なる梶原――北条得宗家との関わりから」(『仏教文学』三九、二〇一四年四月)
土屋有里子「無住直筆『置文』・『夢想事』再考」(『説話文学研究』五二、二〇一七年九月)
土屋有里子「『雑談集』にみる医と病」(『人間文化研究』二九、二〇一八年一月)
土屋有里子「無住と日中渡航僧――三学の欣慕と宋代仏教」(『国文学研究』一九〇、二〇二〇年三月)
土屋有里子「関東における西大寺律と無住」(『説話文学研究』五五、二〇二〇九月)
土屋有里子「無住と承久の乱――〈運〉と〈果報〉の相剋」(『國語と國文學』九八―一一、二〇二一年一一月)
永井晋『中世日本の茶と文化――生産・流通・消費をとおして』(勉誠出版、二〇二〇年)
永井龍男『菊池寛』(時事通信社、一九六一年)
野村育世『仏教と女の精神史』(吉川弘文館、二〇〇四年)
橋本素子『中世の喫茶文化――儀礼の茶から「茶の湯」へ』(吉川弘文館、二〇一八年)
服部敏良『鎌倉時代医学史の研究』(吉川弘文館、一九六四年)
原田正俊『日本中世の禅宗と社会』(吉川弘文館、一九九八年)
本郷和人『承久の乱――日本史のターニングポイント』(文春新書、文藝春秋、二〇一九年)
真壁町歴史民俗資料館編『筑波山麓の仏教――その中世的世界』(真壁町歴史民俗資料館、一九九三年)
松尾剛次「鎌倉新仏教と女人救済――叡尊教団による尼への伝法灌頂」(『佛教史学研究』三七―二、一九九四年一一月)
松尾剛次『鎌倉新仏教の誕生――勧進・穢れ・破戒の中世』(講談社現代新書、講談社、一九九五年)
松尾剛次『救済の思想――叡尊教団と鎌倉新仏教』(角川書店、一九九六年)

三好俊徳「真福寺と尾張地域の寺院――大須文庫所蔵無住関連聖教の伝来について」（中世禅籍叢刊別巻『中世禅への新視角』、臨川書店、二〇一九年）
山野龍太郎「無住の作善活動と中条氏との交流」（『無住――研究と資料』、あるむ、二〇一一年）

土屋有里子（つちや　ゆりこ）

1974年東京都生まれ。早稲田大学教育学部国語国文学科卒業、早稲田大学大学院文学研究科日本文学専攻単位取得退学。博士（文学）。早稲田大学教育学部助手、日本学術振興会特別研究員、名古屋市立大学准教授を経て、現在学習院女子大学国際文化交流学部日本文化学科准教授。著書に『内閣文庫蔵『沙石集』翻刻と研究』（笠間書院、2003年）、『『沙石集』諸本の成立と展開』（笠間書院、2011年）などがある。

『沙石集』の世界

2022年10月15日　第1刷発行

著　者――土屋有里子

発　行――株式会社あるむ

〒460-0012 名古屋市中区千代田3-1-12
Tel. 052-332-0861　Fax. 052-332-0862
http://www.arm-p.co.jp　E-mail: arm@a.email.ne.jp

印刷――興和印刷　　製本――渋谷文泉閣

Printed in Japan　ISBN978-4-86333-190-7